KB045678

크리처스

곽재식

크리처스

5 지귀 편上

신라괴물해적전

곽재식×정은경×안병현

0

검푸른 바다에 새벽부터 배 하나가 띄워져 있었다. 부지런한 뱃사람들이 고기를 잡으러 나온 것이었다. 사내는 손등으로 이마와 콧등에 송골송골 맺힌 땀을 닦았다. 동트기 전인데도 후덥지근한 것이 꼭 찜통에 들어온 듯했다.

"올해는 유난히 덥군. 여름이 오기 전인데 벌써 석빙고에 얼음이 동났다고 난리들이야."

수염이 덥수룩한 동료가 사내에게 말을 걸었다. 석빙고는 얼음을 저장하기 위해 돌로 만든 창고였다. 겨울마다 조정에서는 얼음을 채취하여 서라벌 왕궁에 있는 석빙고에 보관했는데, 올해는 벌써 얼음이 바닥나서 관리들이 얼음을 구하려 안달이라고 했다.

"우리 같은 아랫것들이 석빙고에 얼음이 있든 말든 무슨 상관이야. 하루하루 배만 안 곯으면 다행이지."

"나라가 망하려고 이러나. 얼음도 없고 물고기도 없고. 이게 다 장보고 대사가 돌아가시고 해적이 들끓어서 아닌가."

동료가 거칠게 밧줄을 바닥에 내동댕이치며 말했다.

"내 눈엔 해적 놈이나 귀족 놈이나 똑같네."

사내는 심드렁하게 대꾸했다. 해적이든 지체 높으신 몸이든 힘없는 백성의 것을 빼앗는 것은 똑같았다. 그물이 끊어지도록 물고기를 잡아도 제 몫으로 챙길 수 있는 건 없었다. 갑자기 속이 답답했다. 너무 더워서겠지. 사내는 바짝 마른 입술을 축이려 물주머니를 꺼냈다. 주머니를 열어 입에 들이붓는데 어째 물의 감촉이 느껴지지 않았다. 쪼르르 흘러내리던 물이 허공에서 얼어붙더니 바닥으로 떨어져 산산조각이 났다.

"어? 어어?"

그때 옆에서 동료가 허옇게 질린 채 하늘을 올려다보며 이상한 소리를 냈다.

"왜 그래? 그러다 목 부러지겠어."

픽! 그 순간 하늘에서 떨어진 무언가가 육중한 소리를 내며 뱃사람의 머리로 곤두박질쳤다. 그의 머리통이 둔탁하고 불쾌한 소리를 내며 떨어져 깨진 수박처럼 바닥에 뒹굴었다. 뒤이어 시뻘건 피로 바닥이 흥건해졌다.

"으아악!"

주변에 있던 뱃사람들이 소리를 지르며 물러섰다. 사람 머리통만큼 커다란 우박이었다. 심지어 해골처럼 눈과 코가 뚫려 있고, 턱이 달려 있었다. 머리통의 빈 눈구멍과 사내의 눈이 맞는 순간…….

달각달각! 달그락달그락!

해골의 입이 마구 움직이며 맞부딪치기 시작했다.

"케하하하하-."

이윽고 턱이 맞닿는 소리가 해골들의 웃음소리로 바뀌었다.

"처…… 천우인!"

언젠가 들은 적이 있었다. 해골처럼 생긴 커다란 우박 이야기를…… . 꾸며 낸 소문이라고 생각했는데 직접 보게 될 줄은 꿈에도 생각 못 했다. 픽! 픽! 픽! 사정없는 속도로 천우인이 쏟아지기 시작했다.

배에는 구멍이 뚫리고 천우인에 스쳐 맞기만 해도 장정의 팔이 떨어져 나갔다. 사내는 천우인을 피해 배에서 뛰어내려 바다 깊은 곳으로 헤엄쳤다. 한데 바닷속 멀리 하얀 얼음 기둥이 보였다.

거대한 얼음 기둥은 바다에 뿌리를 내리듯 천천히 자라나고 있었다. 사내가 자신의 눈을 의심하는 사이 얼음 기둥이 해저에 닿자 기둥 뿌리에서 얼음 줄기들이 폭발하듯 사방으로 뿜어져 나왔다. 얼음 줄기에 닿은 모든 생명체가 차갑게 얼어붙었다. 미처 도망치지 못한 뱃사람 하나는 팔이 스쳤을 뿐인데 온몸이 굳어지며 시퍼렇게 눈을 뜬 채 팔다리를 허우적거리던 그대로 죽고 말았다.

뒤이어 얼음 줄기들이 사내를 노리듯 방향을 틀어 몰려오기 시작했다. 사내는 이번엔 죽을힘을 다해 바다 위로 헤엄쳤다. 사내가 수면 위로 고개를 내밀며 간신히 살았다고 생각하던 그 순간! 무언가 하얀 눈보라를 일으키며 바다 위를 달려오는 것이 보였다.

휘오오오오오오- 한 치 앞도 안 보일 정도로 강한 눈보라 사이로 어렴풋하게 괴물에 올라탄 사람의 형체가 보였다. 그자의 눈은 도깨비불처럼 새파랗게 발광하고 있었다.

"얼음 도깨비?"

사내는 두 눈을 질끈 감았다. 다시 눈을 떴을 때 그의 눈에 비친 것은 세찬 눈보라와 정체 모를 괴물의 커다란 입이었다.

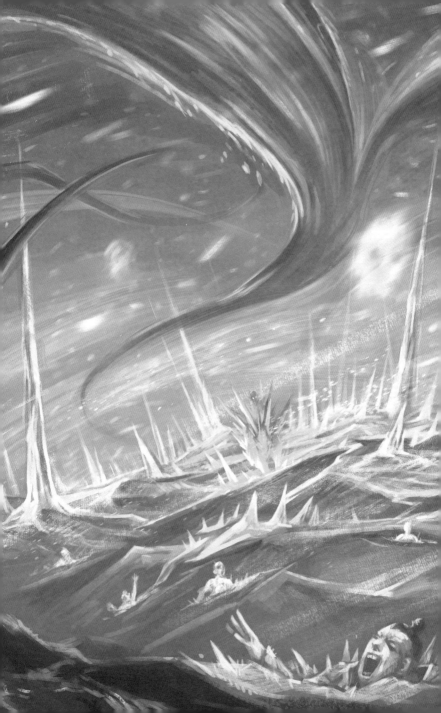

1

이야기는 김해경*에 얼음 도깨비가 나타나기 한 달 전으로 거슬러 올라간다. 당시 소소생은 철불가와 사포에 있었다. 막 흑갑신병이 일으킨 연쇄 괴죽음을 해결하고 돌아오는 참이었다. 소소생과 철불가는 모포를 뒤집어쓴 채 항구를 둘러보았다.

"사람은 누구나 마음의 고향이 있어야 한단다. 봐라, 사포에 돌아오니 얼마나 마음이 편하니?"

철불가가 소소생을 돌아보며 웃었다.

"마음의 고향이라뇨. 그냥 갈 곳 없어서 온 거잖아요. 들키기 전에 얼굴이나 더 가리세요."

---

* 김해경: 통일 신라 시대에 정치, 군사적으로 중요한 곳에 설치한 오소경 중 하나로, 지금의 경상남도 김해시를 가리킨다.

툴툴대던 소소생은 모포를 끌어당겨 철불가의 잘난 얼굴을 가려 주었다. 소소생과 철불가는 처형식으로 죽은 사람이어야 했다. 그러니 이렇게 살아 있다는 것을 들키면 큰일이다. 소소생은 파란만장했던 지난 일을 떠올렸다.

김 대사는 장인이 사포를 쑥대밭으로 만들게 한 책임을 떠넘겨 소소생과 철불가를 죽이려 했고, 콩알처럼 작은 흑갑신병들이 산해파리의 음모로 사람들의 몸속에 들어가 연쇄 괴죽음을 일으키고 다니기도 했다. 급기야 산해파리의 농간으로 김 대사와 박 한찬 사이에 전쟁까지 발발해 당포는 그야말로 죽음의 불바다가 되었다.

모든 일이 끝나고 사포 땅에 그림자도 비치지 말라는 김 대사의 협박에도 불구하고, 소소생과 철불가는 사포로 돌아올 수밖에 없었다. 어디든 숨으려면 등잔 밑이 제일이기 때문이다.

"잠깐, 거기! 철불가 맞지?"

상인 하나가 철불가를 알아보고 소리쳤다.

둘러쓴 모포로도 철불가의 오뚝한 콧날과 우수에 젖어 보이는 눈빛은 가릴 수 없었던 걸까. 하긴, 누더기 같은 모포를 걸쳐도 철불가의 우월한 신체 비율은 눈에 띄었다.

"사람 잘못 봤습니다."

철불가가 고개를 숙이고 목소리를 깔며 말했지만 통할 리 없었다. 악명 높은 덕담계 해적의 출현에 시장 사람들이 소소생과 철불가를 에워쌌다.

"짜증나지만 저렇게 잘생긴 얼굴은 흔치 않지. 그나저나 철불가가 살아 있다니!"

"그럼 저 옆에 있는 어리숙한 놈이 덕담계 해적 두령 소소생이란 말인가?"

"분명히 목을 그어서 죽이는 걸 봤는데 소소생이랑 철불가가 살아 있다고?"

"철불가는 불가사리처럼 팔을 잘라 내도 다시 돋아난다던데, 소소생은 목을 잘라도 모가지가 다시 생기나 보군! 역시 철불가를 부하로 둔 해적 두령다워!"

소소생은 한 마디도 안 했건만 소문에 소문이 부풀려져 새로운

영웅담이 만들어지고 있었다. 철불가는 시장 사람들에게 둘러싸여 길이 막히자 짐짓 엄숙한 표정으로 사람들에게 말을 건넸다.

"우릴 본 걸 비밀로 해 주면 엄청난 이야기를 들려주겠네. 사실 방금 막 지옥에서 돌아온 몸이거든."

철불가가 입술에 손가락을 붙이며 말했다. 시장 사람들은 철불가의 작은 행동에도 온 신경을 집중했다. 철불가를 처음 알아봤던 눈썰미 좋은 상인이 물었다.

"네가 지옥에서 돌아온 거면 난 이번 생이 삼 회차쯤 되겠다! 가만, 가만! 지독한 김 대사가 설마 널 살려 뒀단 게냐?"

"진짜 죽었다가 살아났다니까. 내가 누군가? 만 년째 살아 있는

철불가 아닌가. 그러한 내가 모시는 두령은 오죽하겠나! 소소생은 생긴 건 소년 같아도 사실 나이가 어마어마하게 많다네. 죽지 않고 영생을 사는 존재랄까."

"당장이라도 죽을 것 같은 놈이 영생 타령은……. 쯧쯧."

"내가 지금 어디서 오는 길인 줄 아나? 죽음의 땅 당포에서 그 죽음이란 놈을 이기고 돌아오는 길이란 말이야!"

"잠깐! 당포라면, 사람들이 피를 토하며 줄초상이 났다는 그곳 말인가?"

"이제야 말이 통하네! 나와 두령 소소생은 당포에서 이유 없이 괴죽음을 당하던 백성들의 목숨을 구하고 왔지. 물론 거사는 내가 다 치르고 소소생은 얼굴만 비추는 정도였지만."

철불가는 어김없이 자신을 한껏 치켜세우며 떠들었다. 자신이 괴물과 해적, 탐관오리들로부터 당포와 사포를 지켜 냈으며 소소생은 옆에서 거들기만 했다는 것이다. 괴물이 눈에 그려질 만큼 생생한 이야기를 들려주자 사람들은 넋을 놓고 빠져들었다.

상인이 철불가의 손을 잡고 부탁했다.

"여보게, 철불가. 우리가 자네를 오해했네. 그저 반반한 놈이 얼굴값 한다고 생각했지 뭔가. 자네와 소소생이 영생을 살게 된 비법을 우리한테도 좀 알려 주게. 그러면 자네한텐 평생 우리 가게 술을 공짜로 내주겠네."

"난 고기를 평생 대접하겠네. 그러니 나한테도 알려 주게."

그러자 다른 사람들도 앞다투어 철불가에게 영생의 비법을 알려 달라고 매달렸다. 사람들이 서로 내가 먼저라고 싸우기까지 하자, 철불가는 선심이라도 쓰듯 차례를 지키라고 손을 저으며 껄껄 웃었다.

소소생은 철불가의 농간에 사람들이 놀아나는 것을 보고 혀를 내둘렀다.

"철불가, 제가 본 최고의 괴물은 당신의 혀 같아요. 어떻게든 거짓말을 지어내서 사람을 현혹하는 걸 보면 철불가의 혀야말로 가장 악랄하고 무서운 괴물이에요!"

"우리 가짜 두령께서 이제야 인생을 깨달았구나. 원래 사람의 말이 가장 무서운 법이지. 날 보렴. 혀 한번 잘못 놀려서 죽을 뻔하다가 그 혀 놀림으로 다시 살아나지 않니. 지금도 내가 세 치 혀를 놀리니 서로 공짜 술을 주겠다고 난리잖아?"

철불가는 한쪽 눈을 찡긋하고는 시장 상인들에게 외쳤다.

"날 영접하려거든 줄을 서시게!"

철불가는 서로 고기와 술을 대접하겠다는 상인들에 둘러싸여 술집으로 향했다.

"저러다 또 큰코다치지."

소소생은 혀를 끌끌 차며 철불가를 따라갔다.

그러나 철불가는 '발 없는 말이 천 리 간다.'는 것을 모르고 있었으니. 철불가와 소소생이 사포에 나타났다는 소문은 하루 만에 김 대사의 귀에 닿았다. 김 대사는 그 소식에 피가 거꾸로 솟았는데, 철불가가 아니라 박 한찬 때문이었다.

"또 상소문을 올렸다고?"

김 대사가 술을 마시다 말고 이 비장에게 말했다. 박 한찬의 상소문에 이 비장은 김 대사의 집까지 한걸음에 달려온 터였다.

"사포에 철불가와 소소생이 돌아온 모양입니다. 박 한찬이 그 소문을 듣고 대사께서 위험한 해적 놈들을 살려 두었으니 큰 벌을 내려 달라는 상소문을 올렸다고 합니다. 대사가 다스리는 영지인 당포와 사포를 회수해야 한다고 말입니다!"

"뭐야! 망할 철불가랑 소소생은 왜 또 사포로 기어들어 온 거야? 게다가 박 한찬 이놈은 아직도 내 땅을 노리고 있단 말이냐? 그 작자야말로 당포에서 초상을 치렀어야 했는데!"

김 대사는 달던 술맛이 싹 가셨다. 안 그래도 유난히 더운 밤이거늘 속에서 열불까지 올라와 온몸이 땀으로 끈적이는 것 같았다. 그때 문밖에서 서늘한 목소리가 들려왔다.

"대사."

김 대사는 이 비장에게 입을 다물라고 손짓했다. 김 대사는 간담이 서늘해지는 이 목소리의 주인이 누군지 알면서 괜스레 문밖을 향해 물었다.

"야심한 시간에 누구냐?"

"흑삼치입니다. 대사가 걱정되어 급하게 찾아왔소만."

김 대사는 방문을 발로 걷어차며 마당으로 나갔다. 흑삼치가 덩치 큰 부하들을 여럿 데리고 서 있었다.

"천하디천한 해적 놈이 주제도 모르고 감히 날 걱정한다고? 무더위에 네가 미친 게냐?"

김 대사가 역정을 냈다.

"대사께서 약조를 지키지 않아 이 무더위에 노망이 난 것인가 걱정이 되어 왔습니다."

흑삼치가 비웃으며 말했다.

"뭐? 노망?"

김 대사의 노발대발에 병사들이 흑삼치와 해적들에게 칼을 겨눴다. 흑삼치는 눈 하나 깜짝 안 하고 말을 이어 갔다.

"대사께서는 분명 철불가와 소소생을 넘겨주면 동해를 내어 주기로 약속하셨습니다. 그런데 어째서인지 수군은 우리 배의 통행조차 막고 있소. 이러니 대사의 총기를 걱정할 수밖에요."

"설마 나 같은 귀족이 너 같은 아랫것과 한 약속을 지킬 거라고 믿었느냐? 네놈을 죽이지 않은 걸 감사히 여기긴커녕 약조를 지키라고 행패를 부리러 찾아와? 저승사자 흑삼치가 언제 적 말이더냐? 요즘은 덕담계 해적 소소생이 더 유명하다던데? 네깟 놈에게 동해를 넘겨줄 바엔 소소생한테 주는 게 나을 것이다!"

'감히 저승사자 흑삼치를 애송이 소소생 따위와 비교하다니. 저 놈이 명을 재촉하는구나.'

흑삼치는 허리춤에 차고 있던 철살도에 손을 가져갔다. 김 대사와 흑삼치 사이의 거리는 스무 걸음도 채 되지 않았다. 한 발짝이면 김 대사의 목을 벨 수 있었다. 일대일로 붙어서 질 리는 없었지만 저들이 포위한 데다 수도 많아 섣불리 움직일 수는 없었다. 김 대사를 갈기갈기 찢어 죽이고 싶었지만 그랬다간 부하들을 잃는 것을 피할 수 없을 터. 흑삼치는 화를 꾹 참고 물러섰다.

"괜한 살생을 피하려고 협상을 원했을 뿐 약조 따위 없어도 애초에 동해는 우리 앞마당이었소. 동해에서 수군이 죽었다는 소식이 들려도 원망 마시오."

흑삼치가 해적들을 데리고 김 대사의 집을 나갔다. 흑삼치의 부하들이 씩씩대며 말했다.

"두령! 저놈들을 그냥 두실 거요? 뼈와 살을 싹싹 발라서 본때를 보여 줍시다!"

"그렇게까지 할 거 있소? 천모호를 풀어서 놈의 가족들을 먹이로 줘 버리지요. 저런 놈들에겐 힘을 쓰는 것도 아깝습니다."

천모호는 호랑이처럼 생긴 괴물로 일전에 상선을 약탈하다 챙긴 녀석이었다. 놈은 털이 거의 없었는데 털이 없는 부분의 가죽은 무척 두꺼워서 도끼로 찍어도 뚫지 못했다. 매우 날쌔고 포악해서 천모호 한 놈이 수백 명을 너끈히 죽인다고 했다. 그놈을 발견했을 때 흑삼치가 스무 개도 넘는 칼을 녀석의 가죽에 꽂아 겨우힘을 뺐을 정도였다.

"김 대사는 가족이 죽건 말건 신경 쓰지 않는다. 그놈이 제일 두려워하는 건 재물을 잃는 것이지."

흑삼치가 눈을 가늘게 뜨며 웃었다. 흑삼치의 시선이 닿은 곳에

이 비장이 있었다. 이 비장이 어둠 속에서 빠르게 어딘가로 향하자, 흑삼치가 조용히 이 비장의 뒤를 밟았다.

이 비장은 흑삼치가 보고 있는 줄도 모르고 지하로 내려갔다. 한때 철불가와 소소생이 갇혀 있던 그 지하 감옥이었다. 이 비장은 지하 감옥을 지나 더 아래로 내려갔다.

흑삼치는 발소리를 죽이고 이 비장을 뒤쫓았다. 이 비장을 따라 한참을 내려가니 보초병들이 지키고 있는 창고가 나왔다. 이 비장은 창고로 들어간 뒤로 한동안 나오지 않았다. 얼마 후 이 비장이 나와 보초병들에게 절대 아무도 들이지 말라고 당부하고는 자리를 떴다.

"김 대사가 보물을 숨겨 놓은 곳인가 보군. 저승사자의 심기를 건드리면 어떻게 되는지 보여 주마."

흑삼치는 제대로 찾았다는 생각에 입꼬리가 실룩였다. 지상에서 기다리고 있던 부하들을 데리고 다시 지하 창고로 내려가, 창고 보초병들을 제압하는 일은 오래 걸리지 않았다. 부하들이 머리통만큼 두꺼운 팔로 병사들의 목을 감자 보초병들은 몸부림 몇 번쳐 보지도 못하고 몸을 축 늘어트렸다.

창고 안에는 견명과 진주, 비단에 조정에서 하사한 구휼미까지 온갖 재화가 가득 쌓여 있었다. 김 대사가 겨울을 준비하는 개미처럼 바지런하게 모아 둔 재물이었다.

"마음껏 약탈해라. 이곳은 흑삼치가 접수한다!"

흑삼치의 명에 해적들이 환호했다.

"역시 두령이십니다!"

"이 정도 재물이면 한 달 내내 육고기와 술로 배를 채울 수 있겠습니다요!"

흑삼치와 부하들은 김 대사의 집에서 수레까지 훔쳐 와 재물을 한가득 실어 날랐다. 김 대사가 고작 창고 하나에 모든 재물을 숨겨 두었을 리 없겠지만, 이 정도만 털어도 놈의 약을 올리기엔 충분했다.

흑삼치가 해적들을 데리고 돌아가려 할 때 발치에 유리병 하나가 굴러왔다. 유리병이 굴러온 쪽을 보니 남루한 차림의 사내 하나가 바닥을 기어가고 있었다. 흑삼치가 그자의 앞에 단검을 던지자 남자는 놀라서 흑삼치를 돌아보았다. 남자는 매우 선량한 인상을 가진 자였는데 이곳에 꽤 오랜 시간 갇혀 있었던 듯 안색이 파리하고 입술은 허옇게 부르터 있었다.

흑삼치가 남자를 잡아 세우려는데 부하 하나가 유리병을 집어 들고 말했다.

"두령, 이것 좀 보십시오."

금으로 만든 뚜껑으로 꽉 닫아 놓은 유리병 안에는 구슬처럼 동그랗고 작은 사탕이 몇 알 들어 있었다. 사탕은 대부분 유리구슬처럼 투명했는데 딱 하나만 종이로 싸여 있었다.

"사탕이라. 김 대사 놈 별걸 다 쟁여 놓는군."

흑삼치가 다시 남자가 있던 곳을 보았을 때는 이미 사라지고 난 후였다. 달아나 봤자 얼마 못 갔을 테지만 그자의 행색이나 인상을 봤을 때 크게 위협이 될 만한 위인은 아닌 듯하였다. 흑삼치는 대수롭지 않은 사내보다 눈앞의 사탕이 궁금했다.

흑삼치는 유리병 뚜껑을 열어서 병에 들어 있는 사탕 하나를 입에 쏙 넣었다. 얼음처럼 차가운 기운이 입에 화악 퍼지더니 곧 설탕의 달콤한 맛이 혀에 녹아들었다.

"맛이 좋구나. 과연 김 대사가 애지중지 숨겨 둔 사탕답다. 너희도 한 알씩 맛보거라."

흑삼치는 부하들에게 사탕을 한 알씩 던져 주었다. 부하 돌주먹이 가장 먼저 사탕을 받았다. 돌주먹은 몸에 들어간 흑갑신병 때문에 죽음의 문턱까지 갔으나 백갑신병을 먹고 간신히 살아난 이였다. 돌주먹의 커다란 손에 구슬 크기의 사탕이 있으니 소금처럼 매우 작아 보였다.

"이렇게 작은 게 무슨 맛이 난다고요?"

돌주먹은 고개를 갸웃하며 사탕을 입에 던져 넣었다. 한데 웬걸, 사탕이 혀에 닿는 순간 사르르 녹으며 온몸에 소름이 짜르르 돌았다. 어찌나 시원하고 달콤한지, 꼭 천상을 맛보는 것 같았다. 돌주먹은 돌덩이 같은 주먹을 부르르 떨었다.

다른 부하들도 흑삼치가 준 사탕을 입에 넣었다. 덩치가 산만 해서 '산만'이라고 불리는 부하의 뺨에는 깊게 베인 상처가 있었다. 산만은 흉터가 진 볼을 볼록하게 부풀려 사탕을 오물오물 녹여 먹었고, 수염이 덥수룩하고 가슴 털이 수북해서 '수북'이라 불리는 부하는 사탕을 이빨로 와그작와그작 씹어서 시원함을 느꼈다. 세상

천지 무서울 것 없는 덩치 큰 해적 놈들이 제 이빨보다 작은 사탕을 먹으며 볼까지 붉히는 모습에 흑삼치는 웃음이 절로 나왔다.

"두령! 세상에 이게 대체 무엇이랍니까! 첫맛은 시원하니 그늘의 바람 같고, 뒷맛은 달달하니 꼭 구름을 베어 먹은 것 같습니다! 사르르 녹아 사라지니 꿈을 꾸다가 깬 것처럼 아쉽습니다!"

돌주먹은 벌써 사탕을 다 먹어 아쉬운지 혀로 입술을 핥았다.

"하하하, 네놈도 제법 미식가구나! 시원한 맛은 어찌 한 것인지 모르겠으나 설탕물을 굳혀서 달콤한 것일 게다. 김 대사가 이런 재미난 것까지 숨겨 두다니, 가끔 이놈 집에 들러 털어 줘야겠다."

"아예 다음번엔 뭘 훔쳐 갈 테니 준비하라고 써 두는 게 어떨까요, 두령?"

"다음엔 육고기가 있으면 좋겠군."

"정신을 못 차리게 독한 술도 있으면 좋겠네. 코가 삐뚤어지도록 마시게 말이야! 하하하!"

부하들은 들떠서 농을 하며 웃어 댔다.

흑삼치는 입안의 달콤한 사탕을 굴리며 유리병에서 종이로 싸인 사탕을 꺼냈다. 종이를 벗기자 검붉은 알사탕이 나왔다. 겉면을 손가락으로 훑자 손끝에 새까만 가루가 묻어 나왔다. 가루를 혀에 살짝 대 보니 무척 쓰고 속이 역한 맛이 났다.

"이 사탕은 썩은 모양이군."

흑삼치가 인상을 쓰며 알사탕을 감쌌던 종이를 바닥에 던졌다. 부하 하나가 종이의 안쪽에 작은 글씨가 적힌 것을 발견하고는 펼

처 보았다. 몰락한 귀족 출신으로 얼마 전 새로이 부하가 된 녀석이었다.

"두령, 종이에 아주 재미있는 글귀가 있습니다. 선덕여왕이 쓴 시구인데 싫어하는 녀석을 저주하다시피 하며 쓴 것이지요."

"그래? ……심심한데 장난이나 하나 쳐 보자. 이 시에 걸맞는 녀석이 있거든."

흑삼치는 짓궂은 장난을 하는 꼬마처럼 코를 찡긋대며 웃었다.

2

다음 날 이 비장은 흑삼치에게 보물 창고를 털렸다는 소식을 듣고 새벽같이 김 대사의 집으로 향했다. 이 비장에게는 가문 땅에 단비처럼 반가운 소식이었다. 김 대사 때문에 몇 번이나 저승 땅을 밟을 뻔했던 이 비장은 그자가 사색이 됐을 걸 생각하니 심장이 두근거리고 자꾸만 웃음이 새어 나왔다.

아니나 다를까 김 대사가 시뻘건 얼굴로 씩씩대고 있었다. 이 비장은 자꾸만 입꼬리가 올라가려고 해서 혀를 꽉 깨물어야 했다.

"흑삼치가 대사의 집을 털다니, 참말입니까? 미물 같은 해적 놈이 감히 하늘 같은 대사의 집을! 그것도 알뜰살뜰 모으신 보물이 가득한 창고를 싸그리 털어 갔단 말입니까!"

이 비장은 김 대사의 화를 자극하려고 굳이 한 마디 한 마디 또박또박 큰 소리로 말했다.

"시끄럽다! 지금 중요한 게 그게 아니란 말이다!"

"예? 그럼……?"

이 비장이 묻다가 아찔한 표정을 지으며 입을 다물었다.

"아……, 혹시!"

"알았으면 당장 흑삼치를 잡아 오거라! 사라진 그자도!"

"예, 대사!"

"그리고 소소생과 철불가를 끌고 오너라."

어지간해선 군소리를 안 하던 이 비장이 고개를 갸웃거리며 물었다.

"대사, 소소생과 철불가는 어째서 잡아 오라고 하시는지요? 죽어도 철불가랑 엮이기 싫다고 하지 않으셨습니까?"

"꿩 대신 닭이다. 보물 창고를 털렸으니 흑갑신병, 백갑신병이라도 찾아서 취해야 할 것 아니냐! 그 괴물 벌레 정도면 그자를 놓친 손해를 메꿀 수 있을 터! 당장 잡아오란 말이다! 빨리!"

김 대사가 초조해서 발로 땅을 구르며 말했다.

상황이 이러한 줄도 모르고 철불가는 거나하게 취해 있었다. 철불가는 술값을 받으러 온 술집 주인에게 종이 쪼가리 하나를 내밀었다.

"이게 뭐요?"

술집 주인이 한쪽 눈썹을 치켜올리며 철불가에게 물었다. 그동안 철불가가 먹고 마신 고급 요리와 비싼 술을 적은 장부였다. 돌아온 장부에는 휘갈긴 글씨로 '행복하세요. 철불가'라고 적혀 있었다. 술집 주인은 황당해서 장부와 철불가를 번갈아 쳐다봤다.

"뭐긴 뭐요? 당포와 사포를 지켜 낸 영웅 철불가가 빌어 주는 행복이자, 영생을 누릴 수 있는 믿음의 부적이지. 이 정도면 이 가게는 대대손손 행복할 터이니 내가 마신 술값으로 충분할 거요."

철불가는 불콰해진 얼굴로 배를 득득 긁으며 웃었다. 술집 주인은 구겼던 인상을 더 찌푸리며 말했다.

"저번에도 그리 말하며 돈 대신 낙서만 해 주지 않았소? 이런 걸 써 줘도 행복은 개뿔, 외상만 늘어나니 그냥 술값을 내란 말이오! 쥐뿔도 없으면 그 솔개 머리가 달린 활이라도 내놓든지."

술집 주인이 철불가가 허리춤에 찬 솔개날을 가리켰다.

"어허, 이건 평범한 사람이 다룰 수 있는 물건이 아니네. 이 솔개부리에 얼마나 많은 괴물의 피가 묻었는지 아는가? 특히 당포에서 벌어진 연쇄 괴죽음을 일으킨 괴물의 피가……."

"솔개날에 묻어서 나한테도 괴질이 닥칠까 염려된다고? 전부 이미 했던 말 아니오? 술값이 없으면 썩 꺼지시오. 당포랑 사포를 살려 준 은인이라기에 공짜 술을 줬건만. 허언도 한두 번이지!"

철불가는 술집 주인이 말하는 사이 잠이 들어 코를 골기 시작했다. 술집 주인은 하는 수 없이 철불가를 가게 밖으로 끌어냈다. 술집 주인이 밖에서 쭈뼛거리던 소소생 앞에 철불가를 던지듯이 데려다 놓으며 말했다.

"부하가 이 모양이니 덕담계 두령께선 참 속이 타시겠소."

"아니 그것이 아니라……."

소소생은 이제 어디서부터 가짜라고 밝혀야 할지 감도 오지 않았다. 해명하면 할수록 소문이 부풀려지는 것 같아서였다.

"어찌 됐든 당포랑 사포를 구했다고 하니 술값은 더 안 받겠소만, 두 번 다시 나타나지 마시오. 또 오면 관청에 고하는 수밖에 없소! 에잇, 퉤!"

술집 주인이 재수 옴 붙었다는 듯 길바닥에 침을 퉤 뱉고는 가게로 들어갔다. 이제 소소생은 결단을 내려야 했다. 철불가와 갈라서야 한다. 그래야 살 수 있다. 소소생은 쓰고 있던 모포를 벗어 부랑자처럼 잠든 철불가에게 덮어 주며 말했다.

"저기 철불가, 자고 있을 때 이래서 미안한데요, 이제 우리 상종하지 말자고요. 철불가가 나 잡아가라는 듯이 공짜 술을 마시고 다니니, 나까지 잡혀갈까 얼마나 조마조마한지 아세요? 안녕히 계세요, 철불가. 나중에 보더라도 우리 서로 못 본 척해요."

소소생이 후련한 얼굴로 돌아서는데 번득이는 칼날이 목에 스치듯 날아들었다.

"이놈들을 당장 잡아들여라."

이 비장이 살벌하게 말했다.

철불가가 눈을 떴을 때는 이미 관청으로 끌려온 후였다. 솔개날은 어디로 갔는지 사라진 채였다. 옆에는 익숙한 그림처럼 소소생도 밧줄로 묶여 무릎을 꿇고 있었다.

"사포에 얼씬도 하지 말라 일렀거늘. 몰래 기어들어 와 의인 행세까지 하고 다녀?"

김 대사가 온몸으로 노여움을 발산하며 말했다.

"엥? 분명 술을 먹다 잠들었는데 어째서 관청이지?"

아직 잠이 덜 깬 것인지 두리번거리던 철불가는 곧 자기 손발이 밧줄로 꽁꽁 묶인 것을 깨달았다.

김 대사가 말했다.

"그래, 이 상황이 낯설지 않지?"

"여, 김 대사, 오랜만이오. 지난번보다 더 늙어 보이는 게 수심이 깊어 보이오만."

"시끄럽다! 당장 네놈들의 사지를 찢어 죽여야 마땅하나 나는 마음이 바다와 같이 넓으니 네놈들에게 살 기회를 주도록 하겠다. 흑갑신병을 어디에 숨겼는지 말한다면 네놈들이 사포에서 뭘 하고 다니든지 상관하지 않겠노라."

"엥? 흑갑신병? 갑자기?"

철불가가 눈을 동그랗게 뜨고 물었다.

"흑갑신병은 당포에 큰 피해를 일으켰다. 그런 위험한 것을 아무 곳에나 방치한다는 것은 있을 수 없는 일이니, 내가 잘 관리하여 세상을 위해 쓰려고 한다."

뻔뻔한 얼굴로 김 대사가 말했다. 소소생은 당포에서 보았던 죽음의 그림자를 떠올렸다. 그 끔찍한 광경을 다시는 보고 싶지 않았다. 흑갑신병이 어디 있는지 알려 주어서는 절대 안 된다. 소소생은 겁이 났지만 간신히 힘을 내어 말했다.

"대사, 이미 흑갑신병 때문에 무수히 많은 백성이 목숨을 잃었습니다. 흑갑신병이 어디 있는지는 말할 수 없습니다."

"이놈이 감히! 네놈의 두 눈을 뽑고 팔을 잘라 내야 정신을 차리겠느냐!"

노여움이 극에 달한 김 대사가 볼살을 푸르르 떨며 말했다. 철불가는 김 대사의 표정에서 그가 궁지에 몰렸음을 읽어 냈다.

"그게 어디 있냐면……."

철불가가 냉큼 말하려고 할 때, 소소생이 "파사낭낭 님한테 이를 거예요."라고 속삭였다. 철불가는 얼굴이 사색이 되어 얼른 말을 바꿨다.

"생각이 안 나네? 잠깐만!"

철불가는 재빠르게 속삭였다.

"소소생, 대충 어디 근처인지만 말해 주자. 안 그러면 김 대사가 우릴 진짜 죽일지도 몰라!"

"차라리 제 목숨을 내놓겠습니다. 물론 죽기 전에 파사낭낭 님한테 이를 거고요."

소소생이 단호하게 말했다.

철불가는 이 비장에게 이리로 오라고 고갯짓을 했다. 이 비장이 '저 미친놈이 감히?'라는 눈빛으로 노려보았으나 철불가는 한시가 급하다는 눈길을 마구 보냈다. 이 비장이 씩씩대며 다가가자 철불가가 속삭였다.

"대사에게 이리 전하게. '소소생은 마음이 두부처럼 무르고 약하다네. 소소생은 주변 사람을 해친다고 하면 거기에 더 마음이 흔들릴 걸세.'라고 말이야."

"그게 누군데? 너?"

"고래눈이라든가… 고래눈 같은… 고래눈일지도?"

이 비장이 떨떠름한 표정으로 돌아가자 소소생이 철불가에게 물었다.

"방금 이 비장한테 한 귓속말은 뭐예요? 또 무슨 수작을 부리는 거죠?"

"걱정 말거라. 다 살아남기 위해서 하는 일이니."

철불가는 소소생이 물어보는 것엔 제대로 답해 주지 않고 말을 얼버무렸다.

그 사이 이 비장은 김 대사에게 철불가의 말을 그대로 전했다.

"호오, 그래?"

김 대사는 얄팍한 콧수염을 손으로 쓰다듬으며 소소생에게 다시 말했다.

"흑갑신병이 있는 곳을 말하지 않으면 네놈의 눈앞에서 고래눈을 데려와 죽여 버리겠다!"

"예?"

소소생의 눈동자가 크게 흔들렸다.

"못 들었느냐? 지금 당장이라도 당포의 괴죽음에 얽힌 죄로 고래눈을 잡아들일 수 있다는 말이다."

김 대사가 소리치자 소소생은 입을 벌리는 듯하다가 다시 굳게 다물고는 이렇게 말했다.

"대사께선 고래눈을 잡을 수 없을 겁니다. 지금까지도 못 잡지 않으셨습니까?"

"이놈이! 지금까지는 못 잡은 게 아니라 안 잡은 거란 말이다!"

김 대사가 역정을 냈다. 그러자 철불가가 나섰다.

"소소생, 김 대사가 나쁜 인간이긴 하지만 약속을 아주 어긴 적은 없단다. 가짜 처형식으로 우리를 풀어 주기도 했잖아. 안 그래? 게다가 이 철불가를 이렇게 몇 번이고 감옥에 잡아넣은 것도 능력이다? 김 대사랑 이 비장이 저래 봬도 비상해. 그러니까 고래눈도 어떻게 될지 모른다고."

그래도 소소생이 입을 열지 않자 철불가는 또 이 비장에게 오라고 턱짓을 했다. 이 비장은 치미는 짜증을 누르며 철불가에게 갔다.

"김 대사에게 이렇게 전하게. 소소생은 본디 남을 잘 믿으니 눈앞에서 나를 풀어 주고, 고래눈도 건드리지 않겠다고 하면 대사의 말을 믿고 사실대로 술술 불 거라고 말이야."

이 비장은 꼴 보기 싫은 철불가에게 귀를 내 주며 말을 전해야 하자 죽을 맛이었다. 철불가가 속삭일 때마다 귀에 침이 튀고 입김이 닿아 귀가 썩어 문드러지는 것 같았다. 그럼에도 이 비장은 충실한 관리였기에 두 눈을 꼭 감고 철불가가 하는 말을 들었다. 다만 이 비장은 중간에서 말을 조금 바꿔 전했다.

"대사, 철불가가 소소생은 남을 잘 믿으니, 이번엔 고래눈만 건드리지 않겠다고 회유하면 사실대로 술술 불 거라고 합니다."

그 말을 들은 김 대사가 큰 소리로 명했다.

"좋다. 네가 말만 하면 고래눈만 건드리지 않겠다고 약속하마."

김 대사가 달래듯 말하자 소소생의 눈빛이 다시 흔들렸다.

"아니, 고래눈 말고, 나는!"

철불가가 답답해서 죽을 것 같은 표정으로 외쳤다.

"헐! 비장에게 계속 귓속말한 게 날 어떻게 설득할지 알려 주려고 한 거였어요?"

소소생은 배신감에 소리쳤다.

"소소생, 그게 아니라 네 말대로 우리도 찢어질 때가 된 것 같다. 이제 제 갈 길 가자꾸나. 상종하지 말자고."

철불가는 치사하게 술 취해 잠든 척하고 소소생이 술집 앞에서 했던 말을 다 들었던 것이다.

"그래. 말 잘했다. 내 이번엔 진짜 처형식을 열 수도 있지만, 당포에서 네놈의 활약을 봐서 특별히 풀어 주마. 앞으로 사포 땅에는 얼씬도 하지 말거라. 박 한찬 놈의 관할지로 가면 더 좋고."

안 그래도 사포와 당포를 구했다는 철불가의 모험담이 걷잡을 수 없이 퍼져 끌고 오라고는 하였으나, 막상 철불가를 가둬 두려니 김 대사도 부담스럽다고 생각하던 참이었다. 그렇다고 온갖 문제를 끌어들이는 골칫덩이 철불가를 자기 땅에 풀어 두는 건 더 두려웠다.

"아이고. 여부가 있겠습니까, 대사. 나는 사포가 어딘지도 모른다오."

철불가는 싱글벙글 웃으며 너스레를 떨었다. 김 대사가 병사들에게 철불가를 묶은 밧줄을 풀어 주라고 명했다. 이 비장은 칫, 하고 좋다 말았다는 표정으로 혀를 찼다.

김 대사가 철불가의 말을 들어준 데에는 철불가가 박 한찬의 지역에서 잔뜩 사고를 치기 바라는 간절함도 있었다. 어떻게 해도 철불가는 살아서 돌아다닐 놈이었다. 그동안 잡아 죽이려고 할 때마다 철불가가 미꾸라지처럼 빠져나갔던 걸 떠올리면 그러했다. 어차피 못 죽일 놈이라면 차라리 박 한찬에게 독이 되게 활용하자. 이이제이以夷制夷, 오랑캐로 오랑캐를 무찌른다! 철불가를 이용하면 내 손에 피를 안 묻히고 박 한찬에게 타격을 입힐 수 있었다.

철불가는 소소생에게 태연히 작별 인사를 건넸다.

"소소생, 저번에 당포에 가기 전과 정반대 상황이 됐구나. 그땐 내가 붙잡혀 있었는데 이번엔 네가 잡혀 있으니 말이야. 내가 말했듯이 이런 때엔 그냥 도망쳐도 해적끼린 그러려니 하고 봐주는 게 있단다. 그러니 너도 내가 널 버린다고 슬퍼하지 말거라."

"난 해적이 아닌걸요?"

소소생이 억울한 얼굴로 물었다.

"이쯤 되면 너도 해적이나 마찬가지야. 모두 널 덕담계 해적 두령으로 알고 있으니 이젠 받아들이렴. 그럼 잘 지내고 다신 보지 말자!"

철불가는 소소생의 머리를 쓰다듬고는 개운한 얼굴로 김 대사의 집을 나가 버렸다.

"소소생 이놈, 이제는 흑갑신병, 백갑신병이 있는 곳을 말해라! 네놈의 바람대로 철불가도 풀어 주었고, 고래눈도 건드리지 않겠다고 하지 않았느냐! 지금까지는 수지 타산이 맞지 않아 가만두었으나, 흑갑신병이 걸려 있다면 고래눈을 잡을 명분이 선다는 것을 모르겠느냐. 이미 고래눈이 어디에 있는지도 알고 있단 말이다!"

거짓이었다. 김 대사는 고래눈의 소재에 대해 아무것도 몰랐으나 순진한 소소생은 어찌해야 할지 갈팡질팡했다. 고래눈이 쉽사리 김 대사에게 잡힐 리 없지만 저렇게 험악하게 말하는 걸 보면 무슨 짓을 해서라도 고래눈을 잡으려 들 게 뻔했다. 하지만 흑갑신병이 악한 자의 손에 들어가면 얼마나 위험한지 봤기에 말할 수도 없었다. 소소생은 입술을 깨물며 생각했다.

'이 비장한테 부탁해서 군함에 실린 콩으로 흑갑신병을 유인한 적은 있지만, 이 비장은 콩으로 흑갑신병을 부리는 법을 몰라. 그러니까 흑갑신병이 있는 곳을 알려 줘도 조종하진 못할 거야. 일단 위치를 말해 주고 고래눈부터 살리는 게 낫지 않을까……?'

결국 소소생은 무거운 입을 열었다.

"흑갑신병과 백갑신병은 죽도의 어느 굴에 있습니다."

김 대사는 기쁨에 겨워 웬일로 직접 죽도까지 행차하겠다며 배를 준비하라고 일렀다. 이 비장은 김 대사가 사적인 용도로 군함을 쓰는 게 못마땅했으나 군소리 없이 배를 죽도로 몰았다.

그렇게 대나무 숲이 우거진 죽도에 도달한 김 대사와 이 비장은 소소생을 창으로 찌를 듯이 몰아서 앞장세웠다.

'어쩌면 잘된 일인지도 몰라. 저승길까지 철불가와 같이 간다면 너무 끔찍해서 무덤에서 일어나고 싶을 테니…….'

소소생은 그리 생각하며 무거운 발걸음을 떼었다. 철불가라면 몇 번이고 거짓말을 하며 여기저기로 이끌었을 테지만 잔뜩 겁에 질린 소소생은 꾀를 낼 생각도 하지 못하고 곧장 동굴로 김 대사를 안내하고 있었다.

'그래. 어차피 김 대사의 탐욕은 못 꺾어. 틈을 엿보다가 흑갑신병과 백갑신병을 도망치게 하면 되지 않을까……?'

소소생은 그렇게 스스로를 설득하며 걸었다. 드디어 흑갑신병과 백갑신병을 숨겨 놓은 동굴에 도착했다. 지난번 죽도에서 나올 때 소소생이 나뭇가지로 막아 놓은 데다 그 사이 덩굴이 자라서 그저 무성한 덤불로 보였다.

"거기 너, 동굴에 진짜 흑갑신병이 있는지 들여다보아라."

김 대사가 키가 훤칠해서 눈에 띄는 병사 하나를 콕 찍었다.

"예에? 저요?"

병사는 겁에 질린 듯 깊숙이 눌러쓴 투구를 더욱 꾹 눌렀다. 병사는 우물쭈물하며 동굴로 다가가 입구의 덩굴만 발로 톡 건드렸다. 곧이어 병사는 소리를 지르며 뒤로 물러섰다.

"아얏! 대, 대사! 사나운 것이 제 발을 깨물었습니다. 눈에 보이지 않는 무언가가 있는 것 같습니다!"

겁에 잔뜩 질린 병사가 소란을 떨었다.

"크하하하! 좋다, 좋아! 흑갑신병이 있는 곳을 제대로 찾아왔구나!

소소생 네놈은 철불가처럼 거짓부렁은 안 늘어놓는구나."

김 대사는 병사가 아픈 발을 움켜쥐고 절뚝이는데도 그러거나 말거나 좋다고 웃어 댔다. 김 대사는 이 비장과 병사들을 시켜서 동굴의 입구를 막고 있는 덩굴과 풀을 모조리 베어 버리라고 명했다. 이 비장은 안 그래도 더운데 땡볕 아래 제초 작업까지 해야 하니 화가 머리끝까지 났지만, 곧 마음을 다잡고 덩굴을 베기 시작했다.

김 대사는 아까 흑갑신병에 발이 물린 병사를 다시 가리켰다.

"너! 소소생의 다리에 무거운 바위를 묶어서 바다로 던져 버려라."

"예, 대사."

병사가 소소생에게 허둥지둥 줄을 챙겨 달려가 다리를 묶기 시작했다.

'차라리 잘됐어. 나까지 죽으면 흑갑신병을 다룰 줄 아는 자가 줄어드니까 비밀은 더욱 잘 지켜질 거야.'

소소생은 머릿속에서 차분히 자신의 인생을 갈무리하며 죽음을 맞이하려 했다. 마지막으로 품에서 고래 풍탁을 꺼냈다.

"고래눈……, 이걸 흔들면 찾아오신다고 하셨지요. 죽기 전에 고래눈으로 멋진 삼행시를 지어 덕담을 들려주고 싶었는데 저 먼저 갑니다. 다음 생이 있다면 그땐 고래로 태어나서 고래눈을 다시 만날 수 있기를……."

소소생은 눈물을 또르르 흘리며 풍탁을 흔들었다. 분명 흔들면 고래 모양의 추가 종을 때려서 청아하고 울림이 있는 소리가 났는데 어째서인지 아무런 소리도 들리지 않았다. 소소생은 황급히 풍탁을 뒤집어 보았다. 그랬더니 종 안쪽에 고이 접힌 쪽지와 종이로 돌돌 말아 놓은 알사탕이 숨겨져 있는 게 아닌가!

"언제 이런 게 들어 있었지?"

소소생은 곱게 접힌 쪽지를 펼쳐 보았다. 그곳엔 이렇게 쓰여 있었다.

고래가 달을 쫓아 바다를 유영하듯
사탕처럼 달콤하고 부드러운 것이 있으니
그대를 향한 나의 마음이라
고래의 눈처럼 검은 사탕에 나의 연정을 담았으니
맛보아 주신다면 꿈만 같으리

3

고래, 고래의 눈…….

연정.

소소생의 눈에 콕콕 박히는 단어였다. 심지어 쪽지 아래엔 고래눈의 표식인 고래 그림까지 새겨져 있었다. 고래눈이 보낸 게 분명했다.

"설마 고백 편지? 고래눈이 나를 좋아한다고 편지까지 쓰고 사탕도 준 거야?"

소소생은 심장이 두방망이질 쳤다. 믿을 수 없어 쪽지를 몇 번이나 다시 읽었다. 차마 꿈에도 그리지 못하던 일이 벌어지자 믿을 수 없어서였다. 몇 번이나 눈을 감았다 뜨고 볼을 꼬집으며 쪽지를 다시 읽어도 고래눈이 보낸 고백 편지가 분명했다.

정말 고래눈이 보낸 것일까. 안타깝게도 소소생은 단단히 착각하고 있었다.

사실은 이러했으니-

김 대사의 보물 창고에서 검붉은 알사탕을 찾아낸 흑삼치는 사탕 껍질에 적힌 글귀를 보고 짓궂은 장난을 떠올렸다. 동해의 신흥 세력으로 떠오른 덕담계 두령 소소생에게 이 사탕을 주어서 고래눈이 준 것이라 착각하게 만드는 것이었다. 소소생이 계속 선량한 척하며 악명을 높이는 것도 꼴 보기 싫었고 고래눈이 소소생을 감싸고 두둔하는 것도 어이가 없었다.

이 사탕을 고래눈이 고백하며 준 것으로 속인다면 소소생은 고래눈에게 앞뒤 가리지 않고 들이댈 것이고, 고래눈도 소소생의 음험함을 깨닫고 죽여 버리고 싶게 될 터였다. 그렇다면 일석이조. 흑삼치로선 최상의 선택지가 될 것이었다.

물론 그리 되지 않아도 그만인 장난이었다. 소소생이 이 쓰디쓴 사탕을 고래눈이 준 것이라고 생각해 끝까지 꾸역꾸역 삼키기만 해도 성공이리라. 흑삼치는 사탕 껍질에 적힌 글귀를 알아본 부하에게 고래눈인 척하는 고백 편지를 쓰게 하였다. 그러고는 소소생 몰래 고래 풍탁 안에 사탕과 편지를 숨기라고 시켰다.

흑삼치의 부하는 소소생이 풍탁을 하루 종일 몸에 지니고 다니는 바람에 꽤 애를 먹었다. 그러나 온종일 따라다닌 끝에 풍탁을 귀하게 여기는 소소생이 차마 뒷간에 갈 때는 가져가지 않는다는 것을 알고, 그 틈을 노려 성공적으로 쪽지와 알사탕을 숨길 수 있었다.

―해서 소소생이 보고 있는 고백 편지가 풍탁 안에 들어가게 된 것이다. 그런 줄도 모르고 소소생은 금방 꺼낸 숯덩이처럼 검붉은 알사탕을 보고 한껏 상기된 표정을 지었다.

"고래눈이 직접 준 사탕이라니. 인생의 마지막 선물이구나. 아, 얼마나 달콤하려나. 잘 먹겠습니다! 냠!"

소소생은 껍질을 벗겨 알사탕을 입에 쏙 넣었다. 달콤할 줄만 알았던 사탕은 무지하게 쓰고 비렸다. 여태 먹어 본 적 없는 잿더미를 삼킨 것 같은 기분이었다. 탕약을 먹은 것처럼 쓰고 알싸해서 혀끝이 얼얼했다.

"웩, 맛이 왜 이래? 아니야. 감히 고래눈께서 주신 사탕 맛을 평가하려 하다니. 분명 이 쓰디쓴 맛이 진정한 사랑의 맛이라고 알려 주려는 걸 거야."

소소생은 구역질을 꾹 참고 검은색 알사탕을 혀로 굴려서 천천히 녹여 먹었다. 쓴맛도 익숙해지니 참을 만했다. 이 세상에서 마지막으로 먹는 것이 고래눈이 준 알사탕이라는 것에 감사하며 사탕 맛을 음미했다. 고래눈을 생각해서인지 사탕이 녹을수록 가슴이 후끈후끈 달아올랐다.

이 비장이 덩굴과 잡목을 베어 내는 동안 김 대사는 초조한 마음에 주변을 이리저리 둘러보았다. 김 대사의 눈에 수상한 한 병사의 모습이 보였다. 소소생이든 바위든 후다닥 옮겨서 묶으면 될 것을 병사는 아직도 꾸물거리고 있었다. 다른 병사였다면 소소생은 이미 바닷속에 처박혀 있었을 것이다.

"너! 언제까지 꾸물거리고 있을 셈이냐?"

"이, 이놈을 바다 깊이 빠트릴 만큼 무거운 바위를 찾고 있었습니다."

병사가 겁에 질려 어눌하게 대답했다.

"네놈 바로 앞에 있잖느냐. 아무거나 여러 개 주렁주렁 매달면 될 것을, 쯧."

김 대사가 빤히 지켜보는데도 병사는 계속해서 우물쭈물댔다.

"빨리 안 묶고 뭘 하는 게야?"

"어떻게 하면 이놈이 바다에서 줄을 풀지 못하고 죽을까 궁리하며 매듭을 꼬아 보고 있었습니다."

한데 말하는 병사의 손이 지나치게 고왔다. 김 대사는 병사의 얼굴을 유심히 살폈다. 깊숙이 눌러쓴 투구 아래로 드러난 얼굴이 예사롭지 않았다. 속눈썹도 길고 코도 오뚝하고 이제 보니 눈동자도 촉촉하게 빛났다. 게다가 대충 봐도 다리가 엄청나게 길고 어깨가 넓은 것이 평범한 병사와는 달랐다. 김 대사가 날카로운 목소리로 병사를 불렀다.

"너, 이름이 뭐냐?"

"예?"

"어느 소속의 누구냐?"

"그것이……."

"대사, 길을 열었습니다! 안으로 들어가시지요."

병사가 머뭇거리는 동안 이 비장의 외침이 들렸다. 덩굴 하나하나를 김 대사의 모가지라고 생각하니 작업에 속도가 붙어 생각보다 빨리 마무리되었다. 이 비장은 웃자란 덩굴과 잡목을 베고 나자 남은 수풀이 더 없나 아쉬울 지경이었다. 김 대사를 향한 증오를 풀기엔 무성한 풀과 목초도 턱없이 부족했다.

"좋아. 비장이 앞장서게."

김 대사는 굼뜬 병사는 금방 잊고 언제나처럼 몸을 사리느라 이 비장을 앞세워 동굴로 들어갔다. 입구에서 들이치는 빛을 따라 들어가 보니 바닥에 작디작은 흑갑신병과 백갑신병 두어 마리가 뽈뽈뽈 기어다녔다. 놈들을 따라 시선을 옮기니 덩그러니 놓인 바위 두 개가 보였다. 반질반질하고 윤이 났는데 하나는 검은색, 하나는 하얀색이었다.

"흑갑신병과 백갑신병이 여기 있다더니 몇 마리 없지 않느냐! 감히 소소생 네놈이 날 속인 게냐? 망할! 창고도 털리고 흑갑신병도 놓치고 되는 일이 하나도 없잖아!"

격노한 김 대사가 소리쳤다.

"이놈들이라도 잡을까요?"

이 비장의 말이 끝나기 무섭게 그나마 눈앞에 기어다니던 흑갑신병과 백갑신병이 바위에 난 작은 구멍으로 쏙 들어가 버렸다. 구멍은 벌레들이 들어가자 감쪽같이 사라졌다.

"아니! 분명히 여기 숨겨 놨는데? 왜 없지?"

소소생의 다리를 묶던 병사가 별안간 소리쳤다. 병사는 소소생은 아예 내버려 둔 채 허둥지둥 무언가를 찾아다녔다.

"네놈이 뭘 숨겨 놨다고?"

"분명히 여기였다니까!"

이 비장이 칼로 병사의 투구를 홱 베었다. 투구가 반으로 갈라지자 언제 봐도 잘생긴 철불가의 얼굴이 드러났다.

"철불가?"

소소생이 알사탕을 넣어 볼록해진 볼로 우물거리며 물었다.

"철불가!"

"거, 조용 좀 하게. 흑갑신병이랑 백갑신병 찾고 있지 않나! 기왕 이렇게 된 거 같이 찾아 줌세."

되려 철불가가 이 비장과 김 대사를 향해 호통을 쳤다. 철불가는 풀려난 뒤에 몰래 병사 하나의 옷을 훔쳐 입고 김 대사와 소소생 주변을 계속 알짱댄 것이다.

"어느새 여기까지 따라온 거냐?"

"이놈들이 감히 날 속여? 네놈이랑 네 두령 소소생이 먼저 흑갑신병을 빼돌린 것이렷다!"

이 비장과 김 대사가 동시에 분노해서 외쳤다.

"아닙니다. 분명히 여기 숨겼어요."

소소생이 놀라움 반, 안도감 반을 담아 대답했다. 흑갑신병과 백갑신병이 어디 갔는지는 모르겠지만 일단 김 대사의 눈에 띄지 않아 다행이었다.

소소생은 입안의 사탕을 우물거리며 말했다.

"철불가, 저를 살리려고 여기까지 온 거예요?"

소소생은 철불가를 보면서 자기도 모르게 감격하고 말았다.

"그렇다고 치자."

철불가는 동굴 구석구석을 뒤지며 대충 대답했다. 소소생이 느꼈던 감동이 파사삭 바스러졌다.

"와, 아닌 거 방금 티 다 났거든요? 여긴 정말 왜 따라온 건데요?"

"흑갑신병 찾으려고 왔지. 솔직히 내 몫으로 한두 마리는 가져가도 괜찮잖아? 난 김 대사랑은 달리 좋은 일에만 쓸 거야."

"술값 버는 데 쓰려고 한 거죠? 다 알거든요?"

"됐고, 너도 흑갑신병 좀 찾아 봐!"

철불가와 소소생이 티격태격 말싸움을 하는 꼴을 보던 김 대사는 이를 뿌득뿌득 갈았다.

"소소생 과연 무서운 놈이군. 저놈의 순진한 얼굴에 속았구나. 천연덕스럽게 우리를 엉뚱한 곳으로 데려와? 심지어 저 철불가조차 속은 것을 눈치채지 못하다니."

김 대사는 소소생이 자신들과 철불가조차 모두 속여 넘긴 천하의 사기꾼이라고 오해했다. 김 대사가 소소생의 음험함과 비열함에 치를 떨며 외쳤다.

"이 비장! 저 시끄럽고 악랄한 두 놈을 한데 묶어 바다로 빠트리게! 제아무리 모가지와 팔다리를 잘라도 다시 돋아난다는 놈도 바닷물 먹고 죽는 건 어찌 못 하겠지."

철불가가 다급하게 말했다.

"김 대사, 내가 언제 사기를 쳤나? 흑갑신병이 있는 장소를 알려 준다고 했지, 흑갑신병을 준다고 한 건 아니잖아?"

"저 요사스런 입부터 막아!"

김 대사의 명에 이 비장이 철불가가 잘난 혀를 놀리지 못하도록 입에 재갈을 물렸다. 뒤이어 소소생의 입도 틀어막은 뒤, 둘의 등을 마주 대고 쇠사슬로 온몸을 둘러 손발까지 꽁꽁 옭아맸다. 이 비장은 두 사람을 동굴 바로 옆 절벽으로 끌고 갔다.

"으읍……, 읍……!"

몸부림치는 철불가와 소소생을 아랑곳 않고 이 비장은 거침없이 두 사람의 몸에 매인 바위를 발로 밀어 버렸다. 바위가 절벽 아래로 떨어지자 바위에 묶인 쇠사슬이 바다로 빨려 들어가듯 줄어들었다. 촤라라락- 남은 쇠사슬의 길이가 짧아질수록 소소생의 동공이 커졌다. 마침내 쇠사슬이 팽 당겨지자 철불가와 소소생이 저항도 못 하고 순식간에 절벽 아래로 끌려 내려갔다.

"으으으으읍!"

두 사람은 높은 절벽에서 풍덩- 바다로 떨어져 깊이 아주 깊이 가라앉았다.

'이대로 죽는구나……. 고래눈……, 안녕……. 진작 그대의 마음을 알았더라면 좋았을 텐데요…….'

심해로 가라앉는 소소생의 눈에서 눈물 한 줄기가 나왔다. 눈물방울은 바닷물에 섞여 기포를 만들며 뽀글뽀글 위로 올라갔다. 쓴맛일지라도 더 음미하고 싶었건만 재갈을 물고 있는 탓에 손톱만큼 작아진 사탕이 그대로 꿀꺽 넘어갔다.

그러자 소소생은 기도가 막힌 것처럼 숨이 쉬어지지 않았다.

"컥컥!"

소소생은 바다 밑으로 서서히 가라앉으며 사탕을 억지로 삼키려고 끙끙댔다. 콧구멍에서 뜨거운 김이 방울방울 나왔다. 어느 순간 알사탕이 완전히 녹아 버린 것인지 아릿하고 타는 듯한 느낌이 사라졌다. 뒤이어 곧 시야가 흐려지더니 완전히 어두워졌다.

'고래눈……'

철불가는 소소생과 등을 맞대고 묶여 있는 상태라 소소생이 정신을 잃은지도 몰랐다. 쇠사슬을 풀려고 손발을 이리저리 휘두르다가 갑자기 소소생의 몸이 축 늘어지는 것이 느껴졌다.

'소소생!'

철불가는 소소생을 깨우려고 마구 몸부림을 쳤다. 그 순간 등에서 무언가 뜨거운 열기가 느껴졌다. 마침 등을 묶은 쇠사슬이 풀렸다. 발만 소소생과 묶인 상태가 되자 철불가가 소소생을 돌아봤다. 죽은 사람처럼 허옇게 변한 소소생의 몸에서 붉은 것이 일렁였다. 마치 얼음 호수 아래를 헤엄치는 붉은 물고기처럼 무언가 심장 부근에서 요동을 치더니 소소생이 번쩍 눈을 떴다. 소소생의 눈동자에서 붉은빛이 감돌고 있었다.

분명히 물속인데 소소생은 어째 몹시 덥다는 생각이 들었다. 가슴이 뜨거워지는 것 같아 내려다보니 기분 탓이 아니라 진짜로 가슴에서 횃불이 타오르고 있는 것이 아닌가!

'이게 뭐야? 뜨……'

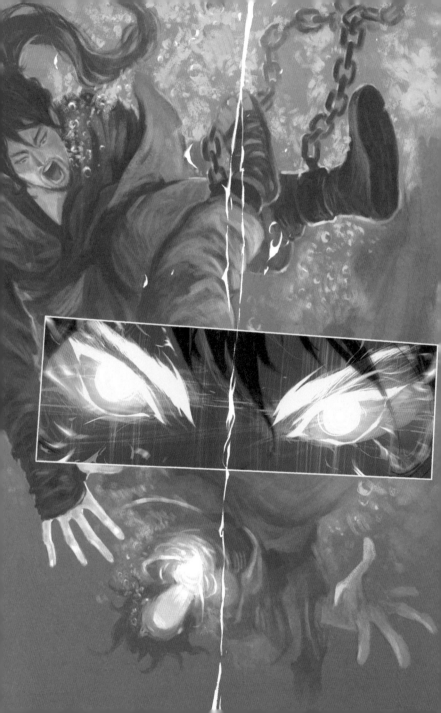

소소생의 가슴께에서 불꽃이 솟구쳤다.

"……뜨거워!"

소리치는 소소생의 입에 물렸던 재갈이 화르르 불타 재가 되어 바닷물에 흩어졌다. 벌린 입에서 불길이 화악 뻗어 나왔다.

"꽥!"

한편 이 비장과 김 대사는 철불가와 소소생이 수면으로 떠오르지 않는 것을 확인하고 군함에 올랐다.

"아침에 먹다가 얹힌 소고기가 쫘악 내려가는 것 같아. 꼴 보기 싫은 것들을 둘이나 저승으로 보냈으니 말이다."

김 대사가 말하자 이 비장이 두 손을 비비며 웃었다.

"후련하시겠습니다, 대사."

'이제 너만 가라앉으면 내 체증도 풀릴 텐데.'

김 대사를 증오하며 이 비장은 비열하게 웃었다. 군함이 막 출발하려 할 때였다. 뒤에서 이상한 소리가 들렸다.

"으아아악!"

돌아보니 바다에서 괴성과 함께 불기둥이 솟아올랐다. 철불가와 소소생을 절벽에서 떨어트린 그곳이었다. 불기둥은 포물선을 그리며 군함을 향해 날아왔다. 괴성을 지르는 소소생의 입에서 붉은 불길이 터져 나오고 있었고 소소생의 발에 쇠사슬로 엮인 철불가는 정신을 놓고 대롱대롱 매달려 있었다.

병사들이 우왕좌왕하며 소리쳤다.

"부…… 불 도깨비다!"

4

소소생과 그의 발에 매달린 철불가가 갑판에 떨어졌다. 소소생
의 손과 발에서도 불길이 치솟았다. 발에 묶인 쇠사슬이 불길에 녹
아 흘러내리자 철불가는 그 틈에 발을 빼고 뒤로 물러섰다.

김 대사도 비명을 지르며 병사들 뒤로 몸을 숨기려 했으나 동그
랗고 커다란 그의 몸은 전혀 가려지지 않았다. 그나마 정신을 차리
고 있던 이 비장이 상황을 파악하고 외쳤다.

"자리를 지켜라! 물을 떠 와서 괴물에게 뿌려라!"

병사들이 양동이로 바닷물을 퍼서 소소생에게 뿌리자 소소생
의 몸에 닿기도 전에 허연 증기가 되어 사라졌다. 그 모습에 아무
도 덤비지 못하고 서 있자 김 대사가 앞에 있던 병사 하나를 떠밀
었다.

"으아악!"

그 순간 반사적으로 들어 올린 소소생의 팔에서도 불길이 뿜어져 나왔다. 불길은 병사의 머리카락과 칼, 장화를 녹이고 뒤에 있던 김 대사의 팔까지 닿았다. 대머리가 된 병사는 눈을 허옇게 뜨고 혼절했다. 팔에 불이 붙은 김 대사가 길길이 날뛰며 고래고래 소리쳤다.

"으, 으아악! 불! 당장 불을 꺼라!"

이 비장과 병사들이 이번엔 김 대사에게 물을 끼얹었다. 치이이익 뜨거운 김이 오르며 김 대사의 팔에 붙은 불이 가까스로 꺼졌다. 넓은 소맷단에 생긴 커다란 구멍 사이로 불에 그을려 화상을 입은 팔이 보였다. 이 지경이 되자 병사들은 무기도 던지고 도망치기 바빴다.

"아아아악! 불, 불! 뜨거워!"

소소생은 아까부터 여태껏 소리를 지르며 자신의 입에서 나오는 불길을 보고 기겁했다. 소소생의 손과 발에서 나오는 불길이 군함에까지 옮겨붙고 있었다.

"으악! 내, 내, 내 몸에서 부, 불이!"

불 도깨비처럼 온몸이 활활 타오르는 소소생의 비명을 들어 주는 이는 아무도 없었다. 김 대사가 이 비장에게 소리쳤다.

"비장! 저 불 도깨비를 빨리 끌어 내리게! 저놈이 우리 배를 전부 태워 먹겠어!"

이 혼란스러운 틈을 타 철불가는 군함에 실린 작은 배 한 척을 바다로 던졌다. 불기둥을 뿜으며 날아오를 정도면 소소생은 알아서 살아남을 테니 자기 한 몸만 챙기면 그만이었다. 철불가가 작은 배로 뛰어내리려고 할 때 이 비장이 철불가를 붙잡았다.

"철불가, 저놈을 어떻게든 처치해 주게. 제발!"

"대가는?"

"솔개날."

이 비장이 솔개날을 꺼내며 대답했다. 철불가는 망설임 없이 이 비장의 손에서 솔개날을 낚아채며 말했다.

"솔개날이 없으면 철불가가 아니지. 그냥 잘생긴 사기꾼이랑 다를 바가 없잖은가. 후후. 소소생은 내게 맡기게!"

솔개날이 있든 없든 철불가는 협잡꾼이나 진배없었으나 철불가 본인만 그 사실을 모르는 것 같았다. 이 비장은 언제나 그렇듯 철불가가 의심스러웠으나 붙잡을 지푸라기가 없었다.

철불가는 여전히 소리를 지르며 소란을 피우고 있는 소소생에게 다가갔다. 소소생과 가까워질수록 후끈한 열기가 느껴졌다. 아지랑이가 피어나는 것처럼 소소생이 아물아물 일그러져 보였다.

"불이야! 불! 불 좀 꺼 주세요! 살려 주세요!"

소소생이 호들갑을 떨며 외치면 외칠수록 몸을 휘감고 있는 불길은 더욱 거세졌다. 소소생이 이제는 불을 끈다고 바닥을 뒹구는 통에 갑판까지 내려앉을 지경이었다.

"소소생?"

누군가 부르는 목소리에 소소생이 뒤를 돌아봤다. 철불가가 서 있었다. 얄밉도록 잘생긴 철불가의 얼굴을 보자마자 소소생은 심장이 급격히 차가워지는 기분이 들었다. 그러자 몸에 붙은 불길이 그의 마음처럼 순식간에 훅 꺼졌다.

"어떠냐? 나의 능력이……."

철불가가 잘난 척을 끝내기도 전에 이 비장은 병사들을 시켜 소소생과 철불가를 바다로 떠밀어 버렸다. 그러고는 서둘러 군함을 출발시켰다. 군함은 갑판의 불도 끄지 못한 채 연기를 피워 올리며 다급히 죽도에서 멀어졌다.

둘은 철불가가 던져 놓았던 배에 올라탔다. 소소생을 감싸던 불이 꺼지자 입고 있던 옷이 전부 타 버린 알몸이 드러났다. 철불가는 몹쓸 것이라도 본 듯 눈살을 찌푸리며 고개를 돌렸다.

철불가가 변장하느라 걸쳐 입었던 수군 병사의 옷을 소소생에게 던져 주며 말했다.

"당장 걸쳐라. 내 눈을 씻어 버리고 싶구나."

철불가는 소금기에 괴로워하면서도 바닷물로 눈을 헹구기까지 했다. 그 모습을 보고 소소생이 옷을 입으며 투덜거렸다.

"저야말로 제 눈을 씻고 싶거든요? 흑갑신병을 얻어 보겠다고 절 미끼로 쓴 거잖아요! 잠시라도 절 구하러 왔다고 철불가를 멋지게 본 제 눈이 원망스러워요."

"이런 말이 있단다. 결과가 좋으면 과정도 좋은 거라고. 결국 아무도 흑갑신병, 백갑신병을 못 가졌지 않니? 김 대사는 앞으로 이곳에는 얼씬도 안 할 테고 말이야."

철불가는 소소생에게서 등을 돌리고 선 채 궤변을 떠벌렸다.

"다 입었어요. 이제 돌아보셔도 돼요."

철불가에겐 팔다리가 한참 짧던 옷을 소소생이 입으니 안성맞춤으로 딱 맞았다. 소소생은 자존심이 상했지만 내색하지 않았다. 말해 봤자 철불가의 잘난 척만 들을 테니 말이다.

"그나저나 어찌 된 일일까요? 제 입과 몸에서 불이 쏟아져 나오는 거 보셨죠? 진짜 제가 불 도깨비가 된 거예요?"

소소생이 울먹거렸다. 그동안 철불가와 엮이며 숱한 괴물을 봐 왔지만 자신이 괴물이 된 적은 처음이었다. 게다가 어떤 연유로 괴물이 된 것인지도 알 수 없으니 황당하고 막막해서 어지러울 지경이었다.

"그냥 불 도깨비가 아니야. 아무래도 네 녀석은 지귀가 된 것 같아."

"지귀? 그게 뭔데요?"

"알려 줄 테니, 대신 그동안 나한테 가진 원한은 전부 없는 걸로 하는 게 어떠냐? 고래눈이 췄던 금목걸이도 다시 돌려받지 않고 말이야."

"이런 순간까지 조건을 거셔야겠어요?"

"계산은 정확해야지."

"알았으니깐 빨리 지귀가 뭔지나 알려 주세요."

철불가는 만족스럽게 웃더니 드디어 다물었던 입술을 떼고 말했다.

"지귀는 사람이었다, 꼭 너 같은……."

철불가는 믿기 힘든 놀라운 이야기를 시작했다.

지귀는 200년도 전에 살았던 사람이었다. 지귀는 선덕여왕을 매우 사모했지.

어느 날 지귀는 선덕여왕이 마을에 온다는 소식을 듣고

선덕여왕을 보기 위해 밤을 지새웠단다.

하지만, 밤을 새우느라 피곤했던 지귀는 잠이 들고 말았어.

헝힉! 어리석게 잠이 들다니!!

그런데 잠든 지귀를 본 선덕여왕이 자기 팔찌를 지귀의 가슴에 올려 두고 갔던 거야.

어?

선덕여왕께서
내게 팔찌를...

팔찌를 본 지귀는 연모하는 마음이 커져 상사병으로 변했고

끝내 가슴에서 불이 일어나는 불 도깨비가 되고 말았지.

이 소식을 들은 선덕여왕은 지귀에게 꼴도 보기 싫으니

바다 건너 썩 꺼지라고 시까지 지어 불렀지.

그 뒤로 백성들은 집마다 불이 나지 않기를 기원하며

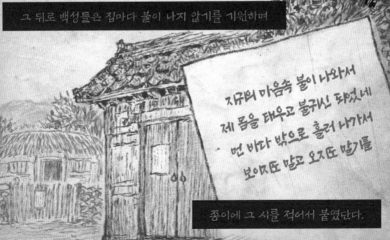

지귀의 마음속 불이 나와서
제 몸을 태우고 불귀신 됐었네
먼 바다 밖으로 흘러 나가서
보이지도 말고 오지도 말기를

종이에 그 시를 적어서 붙였단다.

"그 시! 본 적 있어요. 어느 집 기둥에 누군가 부적처럼 써서 붙여 놓았던데 그게 그런 뜻이었군요. 제가 지귀가 되어서 그런지 몰라도 지귀란 사람 좀 불쌍하네요."

"여기저기 불 싸지르는 도깨비가 뭐 불쌍해?"

"아무리 싫어도 그렇지, 꺼지라는 건 좀. 좋아하는 상대가 꺼지라는 시까지 지었으니 지귀는 마음이 어땠겠어요? 선덕여왕께서 좀 너무하신 것 같아요. 밤새느라 눈앞에서 선덕여왕을 못 본 것도 속상한데 제발 바다 건너로 꺼지라고 하다니, 게다가 그걸 신라 백성이 다 아는 것도 모자라서 대대손손 이백 년 넘게 그 시를 부적처럼 적어서 집마다 붙여 놓았잖아요. 죽어서도 무덤을 걷어차고 나오고 싶을 만큼 부끄러울걸요."

"너 말이야, 네가 누군가를 좋아한다는 사실이 그 사람한텐 상처가 될 수 있단 걸 알아야 해. 선덕여왕 입장에선 지귀를 좋다고 한 적도 없는데, 누군지도 모르는 백성이 좋아한다고 동네방네 고백을 하면서 불까지 지르고 다니면 얼마나 싫겠니. 그러니 제발 꺼져 달라고 합장하면서 시까지 짓는 거지. 네가 고백당해 본 적이 없어서 잘 모르나 본데……."

"아니거든요? 저도 고백받아 본 적 있거든요? 보세요! 여기 고래 눈이 쓴 편지가 새까만 알사탕이랑 함께 있었다고요!"

소소생이 발끈하며 고래 풍탁에 들어 있던 쪽지를 보여 주었다.

"……그 알사탕을 먹었냐?"

"당연하죠! 사랑의 맛이라 그런지 조금 썼지만 끝까지 다 먹었어요."

철불가는 안쓰럽다는 듯 혀를 끌끌 찼다.

"사탕이 아니라 지귀의 불탄 재를 굳혀서 만든 알약이었을 게다. 그러니까 사람 뼛가루를 뭉친 걸 먹은……."

"우웨엑!"

그 말에 소소생은 속이 부글거려서 메스꺼움을 느꼈다. 아까 먹은 사탕을 전부 토해 내고 싶어 헛구역질을 했지만, 이미 다 녹아 버린 탓에 입에선 새빨간 불씨만 침처럼 뱉어질 뿐이었다.

"컥컥. 사람 뼛가루요?"

"지귀 뼛가루로 만든 알약을 먹고 고래눈의 고백까지 들었으니, 네 녀석의 마음이 불타올라 불을 뿜게 된 거지."

"왜 고래눈이 저한테 이런 걸……?"

"설마 고래눈이 그랬겠냐. 그건 차차 밝히기로 하고……."

"그럼 저 이제 어떡해요? 다시 사람으로 못 돌아가요?"

평범한 덕담꾼일 뿐이었는데 덕담계 해적 두령으로 오해받다가 이젠 불 뿜는 괴물까지 되다니. 인생이 너무 기구하고 억울했다. 소소생이 눈물을 흘렸지만 눈에선 눈물 대신 파직파직 작은 불똥만 떨어졌다.

"참으로 대단해. 이렇게 기막히고 신기한 술법은 처음이란 말이야. 누가 알약을 만들었는지 만나고 싶구나."

철불가는 소소생의 눈에서 떨어지는 불똥을 보며 감탄했다.

"지금 그런 소리가 나와요? 철불가는 소시오패수예요! '소'소생의

'시'름을 공감 못하고 '오'히려 좋아하니 '패'대기칠 '수'도 없고…….
하여튼 정말 싫다는 뜻이죠."

철불가는 고개를 도리도리 저었다.

"역시. 넌 덕담꾼보단 불 도깨비가 되는 쪽이 낫겠어. 하지만 내
널 사람으로 돌려 줄 테니 나만 믿거라."

"진짜요?"

"그래. 사포나 당포보다 사람도 많고 정보가 많은 곳으로 가면
방법을 찾을 수 있을 거야. 나와 같이 가자!"

철불가가 엄지손가락을 치켜올리며 씩 웃자 보기 좋은 하얀 건
치가 반짝였다.

'싫다. 또 저 미소에 넘어가는구나.'

소소생은 그렇게 생각하면서도 어쩔 수 없이 철불가를 따라가기
로 결심했다. 도움받을 수 있는 사람도 없으니 말이다. 특히 고래눈
에게는 창피해서 더욱 알릴 수 없었다.

그때 쿵 쿵 바위가 부서지는 듯한 소리가 나며 파도가 일었다.
흑갑신병과 백갑신병을 숨겨 두었던 동굴이었다. 철불가와 소소생
이 죽도에 배를 대고 동굴로 들어가자 검은색 바위와 하얀색 바위
에 금이 가 있었다. 바위에 난 금에서 명주실처럼 하늘거리는 하얀
김이 어른어른 피어올랐다.

"저, 저게 뭐죠?"

소소생이 놀라 물었다.

"하, 이놈들이 또 한 번 변이를 일으키는 것 같구나. 바위인 줄 알

았는데 번데기였던 모양이야."

철불가의 말이 끝나기도 전에 바위에 난 금이 점점 커지더니 완전히 산산조각 났다. 하얀 김을 내며 검은색과 하얀색 나비 한 쌍이 잘게 부서진 바위에서 모습을 드러냈다. 바위 안에 몸을 웅크리고 있었던 것인지 녀석들이 구겨진 날개와 다리를 활짝 펴자 사람의 몇 배는 돼 보였다.

"흑갑신병과 백갑신병 떼가 뭉쳐 하나의 나비가 된 건가."

철불가가 말했다.

하얀색 나비는 소소생에게 작별 인사를 하듯 머리 위를 맴돌더니 커다란 날개를 펄럭이며 하늘로 날아올랐다. 그 뒤를 검은색 나비가 춤추듯 빙글빙글 돌며 따라갔다.

"저 하얀 나비 속에 우리 콩쥐도 있겠죠? 콩쥐야, 잘 가! 멀리멀리 날아가서 다신 인간들에게 이용당하지 말고 살아!"

소소생은 날아가는 나비들에게 두 손을 휘휘 저으며 작별 인사를 했다. 그 바람에 소소생의 팔에서 또 불길이 한바탕 쏟아져 나왔지만 다행히 금세 멈췄다.

철불가가 죽도 해변에 댄 배에 먼저 오르자 소소생이 뒤따라 타려는 것을 손을 들어 저지했다. 철불가는 아까 이 비장이 두 사람을 묶을 때 쓰고 남은 쇠사슬을 들고 씨익 웃었다.

"어허. 손님, 불 도깨비는 배에 탈 수 없답니다. 아까 내가 사슬에 묶여 날아온 것처럼 배에 매달려서 오려무나. 자, 그럼 가자. 김해경으로!"

5

배에 딸려 가면서 저 혼자 고래눈에 대한 마음을 불태운 소소
생의 옷은 다시 다 타 버리고 없었다. 철불가는 근처 사찰에 걸려
있던 승복을 슬쩍 훔쳐다가 소소생에게 주었다. 소소생이 바위 뒤
에서 승복을 갈아입고 나왔다. 그 사이 철불가도 승복을 입어 변
장을 마쳤다.

"그런데 왜 하필 여기로 온 거예요? 사포와 가까운 다른 곳도
많잖아요."

"여기가 누구 땅인 줄 아느냐? 바로 박 한찬의 관할 지역이다. 여
기라면 제아무리 김 대사라 해도 손이 미치지 못할 게다. 김 대사
한테 잡히면 이번엔 진짜 위험할지도 몰라. 네가 쏜 불길에 팔을
데어 화상을 입었거든."

김해경으로 온 진짜 이유는 부패 귀족의 선봉장 박 한찬이 다

스리는 곳이면 아무리 사기를 쳐도 잡아들이지 않을 것 같아서였다. 게다가 김해경은 신라의 다섯 개 소경 중 하나인 만큼 사람이 많아 한탕 크게 사기 치기에 최적의 곳이기도 했다. 물론 철불가는 소소생에게 이 큰 그림을 밝히지 않았다.

"지귀가 되니 불편한 게 많네요. 여차하면 옷이 다 타 버리니 매번 옷을 구해야 하잖아요. 근데 왜 철불가도 승려 차림이에요?"

"나야 어딜 가나 알아보는 사람이 있거든. 넌 잘생긴 사람의 삶이 얼마나 피곤한지 모를 거야. 참 귀찮은 일 투성이지."

철불가는 잘난 척해 대며 소소생을 데리고 김해경 시장을 걸었다. 사포와 비슷하게 생겼지만 가게나 사람이나 뭐든지 훨씬 많았다. 비싼 옷에 보석이 달린 장신구를 한 귀족들도 많았고 각양각색의 옷과 물건, 희귀한 동물을 파는 상인들도 잔뜩 있었다.

눈에 띄는 것은 화려한 사찰과 승려들이 많이 보인다는 것이었다. 게다가 매우 낯선 이교도의 옷차림도 보였다. 바다 멀리 있는 어느 나라에서 온 것 같았다.

"재물이 모이고 사람도 모이는 곳에는 각양각색의 신도 모이는 법이니."

승복을 입어서인지 철불가는 정말로 도를 깨우친 승려처럼 말했다. 그러다 돌연 철불가가 시장에서 파는 떡 하나를 슬쩍 훔쳐서 입에 넣었다.

"그런데, 옷을 구해다 주는 것도 나고 네 알몸을 보느라 괴로운 것도 나잖아? 그러니 내가 이렇게 수고해 주는 걸 꼭 잊지 말고 곱절로 갚아야 한다? 아니 그걸론 부족하지! 고래눈한테도 네 녀석을 이렇게 만든 걸 따져서 보물로 갚으라고 해야겠어."

철불가는 떡을 오물거리며 말했다. 철불가의 계산법은 늘 이런 식이었다. 자기가 잘못한 것은 금세 없는 셈 치고 자신이 베푼 것은 (사실 베풀었다고 할 수도 없는 일들이 대부분이지만) 곱절로 돌려받으려 했다. 소소생이 기가 차서 물었다.

"그걸 왜 고래눈한테 받으려고 하세요?"

"하긴. 고래눈이 지귀 알약을 줬을 리가 없지."

"아니, 왜요? 고래눈이 절 좋아한다는데!"

"세상에. 얘야……."

철불가는 소소생을 촉촉한 눈으로 바라보았다. 분명 동정의 눈빛이었다.

"내가 세상에서 가장 중요한 두 가지를 일러 준 적이 있지? 소소생 너한텐 특별히 하나 더 알려 주마."

'언제는 딱 두 개라더니. 자기 마음대로 하나 더 늘리는 것 봐. 이러다 나중엔 열 가지쯤 되는 거 아닐까.'

소소생은 속으로는 투덜거렸지만 잠자코 들었다.

"사람들이 널 보고 웃어 줄 때는 널 좋아해서가 아니라 그 사람이 만인에게 친절해서라는 걸 잊지 말거라. 이것만 기억해도 엉뚱한 사람한테 고백했다가 차이는 비극은 피할 수 있지."

"그러니까 고래눈이 지금까지 저한테 잘 대해 준 게 그냥 친절을 베푼 거라고요?"

"생각보다 눈치 있는 녀석이구나! 나 같은 미남한테 웃어 주는 건 그들이 한눈에 반해서 그런 거지만, 단언컨대 넌 아니야. 고래눈이 널 좋아하는 것부터 말도 안 되지만, 설사 그렇다 쳐도 널 좋아한다면서 지귀로 만드는 알약을 먹인다고? 말이 안 되잖아. 그러니 편지랑 알약은 고래눈이 준 게 아니야."

"그렇지만 편지에 고래눈의 표식도 그려져 있었다고요!"

소소생은 반박했지만 살짝 목소리가 떨렸다. 가슴 아프지만 철불가의 말이 맞는 것 같았다.

"그런 건 아무나 그릴 수 있어. 고래눈이 네가 하도 귀찮게 해서 널 떼어 놓으려고 했다면 모를까, 굳이 그런 짓까지 하면서 너를 지귀로 만들려 했다고? 내가 보기에 고래눈은 이런 질 나쁜 장난을 할 것 같지 않아. 다른 사람이라면 모를까."

"그렇다면 범이? 그 녀석, 제가 고래눈이랑 이야기할 때마다 못마땅한 기색을 엄청 보였거든요."

소소생은 범인을 찾았다는 듯이 분개하며 말했다. 코에서 뜨거운 콧바람이 나오며 작은 불길이 조금씩 뿜어져 나왔다.

"범이 녀석도 아니야. 진짜 범인은 아마도 성질이 포악하고 극악무도한······."

철불가는 눈을 가늘게 뜨며 입을 다물었다.

"극악무도한?"

소소생이 대답을 재촉했으나 철불가는 엉뚱한 소리를 했다.

"저거다! 소소생 저거야!"

철불가는 소소생을 데리고 시장 앞으로 달려갔다.

"하던 얘기는 마저 해 주셔야죠!"

소소생은 영문을 모른 채 철불가에게 이끌려 달려갔다. 철불가가 향하는 곳에는 구름 떼처럼 사람이 몰려 있었다.

노예를 실은 커다란 상선이 푸르른 바다를 건너 순항하고 있었다. 그런데 난데없이 푸른색 해적선이 나타나 노예 상선을 옆에서 들이받았다. 상선이 크게 기울어지며 타고 있던 상인들과 줄에 묶인 노예들이 엉켜서 넘어지기 시작했다. 파도가 크게 치며 바람이 일자 해적선에 달린 고래가 그려진 하얀색 깃발이 펄럭였다.

"고, 고래눈이다!"

상선에 타고 있던 상인들이 외쳤다.

"고래도 결국 물고기일 뿐. 고래눈도 같잖은 해적일 뿐이다. 싸워라! 고래눈의 목을 가져오는 자에겐 보수의 세 배를 쳐서 주겠다!"

상선에 타고 있던 사병들이 눈을 빛내며 칼을 빼 들었다. 해적선에서 고래눈과 범이가 바람처럼 줄을 타고 상선으로 뛰어내렸다. 몇몇 부하들이 고래눈의 뒤를 따라 내려섰다. 사병들이 칼과 창으로 고래눈 무리를 덮쳤다. 칼날이 불꽃을 튀기며 부딪혔고 시뻘건 선혈이 여기저기 흩뿌려졌다.

해적선은 상선에 비해 턱없이 초라하고 작았기에 사병들은 게눈 감추듯 해적들을 죽일 수 있을 거라 생각했다. 하지만 고래눈이

오합도를 날려 동시에 사병 다섯을 제압하자 기세는 완전히 해적 편으로 기울었다. 범이도 범고래처럼 사납고 잔인하게 표창을 날리고 검을 휘둘러 노예를 인질로 삼던 사병들의 목숨을 빼앗았다. 몇 번의 칼부림이 있고 난 후 노예 상선에 있던 사병들은 모두 줄에 묶여 무릎을 꿇을 수밖에 없었다.

"노예들을 풀어 주어라."

고래눈이 말했다. 범이가 단검으로 노예들을 묶고 있는 밧줄을 끊었다. 노예 중에는 젖먹이와 아직 몸을 풀지 못한 아이 엄마도 있었다. 한눈에 보아도 납치되었거나 빚을 갚지 못해 억지로 팔려 온 것 같았다. 풀려난 이들이 눈물을 흘리며 고래눈에게 절했다.

"감사합니다. 역시 고래눈은 의적이십니다."

"내가 하는 일은 의로운 게 아니다. 사람이 사람을 사고파는 것이 불온한 것이지. 우린 당연한 행동을 했을 뿐이다."

고래눈은 구해 낸 이들을 해적선으로 옮겨 태웠다. 그들을 가까운 육지에 내려 주기 위해서였다. 고래눈은 부하들이 상선에서 찾아낸 금은보화를 그들에게 공평하게 나눠 주는 것도 잊지 않았다.

"배에서 내리면 이걸 팔아 먹을 것을 사고 고향을 찾아가라."

범이가 생글생글 웃으며 말했다.

"고래눈 형제, 이놈들은 어찌할까요? 멱을 따서 바다에 버릴까요?"

고래눈이 범이를 돌아봤다. 범이의 단검에 핏방울이 제법 맺혀 있었다. 오늘도 범이가 가장 많은 피를 묻힌 모양이었다.

"이만하면 충분하다. 이놈들의 뒷배가 누구인지 말한다면 살려 주고 입을 다문다면 추여묘의 밥으로 던져 주어라."

고래눈이 입에 손가락을 넣어 휘파람을 불자, 고래처럼 푸른빛이 도는 해적선에서 추여묘가 공중제비를 돌며 뛰어내렸다. 정확히 고래눈의 옆에 착지한 추여묘는 몸체는 망아지 같았으나 목 위로 고양이 머리가 여럿 달려 있었다. 여러 개의 고양이 머리는 털빛과 생김새가 모두 달랐다. 고양이 머리 중 한 놈은 혀로 코를 핥고, 한 놈은 눈을 깜빡이며 고래눈을 보고, 다른 한 놈은 하품을 하며 입을 쩌억 벌렸다.

"해괴한 괴물이다!"

"저게 망아지야, 고양이야?"

사병과 노예 상인은 난생처음 마주한 괴물을 보고 겁을 잔뜩 집어먹어 목을 자라처럼 움츠렸다. 캬오오 냐아앙 히히힝 우는 소리도 제각각인 이놈들에게 잡아먹힐 생각에 질겁했는지 눈을 질끈 감는 자도 있었다.

"추여묘는 거짓말을 하는 놈을 가려내어 잡아먹는다. 그러니 사실만 고해야 할 것이다. 일반 상인이 사병까지 데리고 노예를 팔려고 바다를 건넌다는 건 해적이 장보고를 좋아한다는 말처럼 개소리다. 필시 네놈들의 뒤를 봐주고 사병까지 대 주는 자가 있을 터. 그자가 누구냐?"

고래눈의 목소리에는 거역할 수 없는 힘이 있었다. 우두머리로 보이는 사병이 머뭇거리다가 입을 열었다.

"박 한찬 어른이외다."

"박 한찬?"

"그렇소. 그자는 몰래 노예 상인들과 결탁하여 큰돈을 벌고 있소. 박 한찬은 조세를 내지 못한 자, 빚이 많은 자, 가족이 없어 사라져도 뒤탈이 없는 자를 주로 납치해 다른 나라로 팔아넘긴 돈의 반절 이상을 챙기고 있소."

"좋다. 내 약속을 지켜 네놈들을 추여묘의 밥으로 주진 않겠다. 이대로 너희들을 놓아주마. 대신 식량은 우리가 가져간다."

"아니, 그럼 풍랑에든 뙤약볕에든 뒈질 거 아니오? 사실대로 말하면 살려 주기로 했잖소!"

사병 우두머리가 험악한 얼굴로 대들자 범이가 그의 목에 단검을 갖다 대었다.

고래눈이 살기 어린 눈으로 말하며 코웃음 쳤다.

"약속대로 살려는 주지 않느냐. 여기서 네놈들의 목을 베지 않는 것만으로 감사히 여겨라. 범아, 놈들을 바다로 보내라."

"예!"

범이와 해적들은 고래눈의 명대로 상선에 노예 상인들과 사병들만 남겨서 바다 멀리 보내 버렸다. 닻은 끊어 버리고 돛에도 구멍을 내어 제대로 된 항해도 정박도 할 수 없는 배에 태운 채.

고래눈은 멀어지는 노예 상선을 보며 추여묘의 머리를 쓰다듬었다. 추여묘에 달린 머리들은 서로 고래눈에게 머리를 긁어 달라고 갸르릉 울어 댔다.

"추여묘는 사람을 잡아먹지 않는 온순한 녀석인데 추여묘의 곁 모습만 보고 잡아먹힐까 봐 자기 뒷배까지 실토하다니 정말 멍청한 놈들 아닙니까? 하긴 고래눈 형제의 거짓말에 저도 깜빡 속아 넘어갈 뻔했지만요. 하하하!"

범이가 웃으며 말했다.

"박 한찬, 예상은 했다만 훨씬 추악한 자구나. 게을러서 술로 목만 축이는 놈인 줄 알았더니."

"형제께서 원래 나쁜 놈들이 나쁜 짓에 제일 부지런하다고 하셨잖아요. 그래서 우리 해적들도 부지런히 부패한 자들을 털어 먹어야 한다고 말이에요."

"그러니 우리도 박 한찬보다 먼저 움직여야겠다. 그자의 뒤를 밟아 보거라. 노예 매매를 다시는 못 하게 손써야 한다."

"조심하십시오. 이번 일로 그들도 형제의 움직임을 주시할 테니까요."

요사이 범이는 키가 부쩍 자랐다. 구릿빛 피부는 뜨거운 태양빛에 더욱 보기 좋게 그을려 멋진 도자기를 떠오르게 했으며 어깨도 웬만한 성인 남자만큼 벌어졌다. 범이는 소년미를 벗고 청년이 되어 가고 있었으며 고래눈을 바라보는 눈빛도 그만큼 깊어졌다. 그러나 고래눈은 이런 방면으로는 꽤 무뎌서 범이의 그윽한 시선을 눈치채지 못했다.

"내가 누구한테 잡힐 것 같니?"

고래눈이 추여묘를 다독이며 웃었다. 고래눈이 초승달처럼 휘어진 눈으로 범이를 바라보자 범이는 화악 얼굴이 달아올라 고개를 숙였다.

"아, 아닙니다. 주제님은 걱정을 했습니다."

뭔가 다른 말을 해야 하는데. 이러다 내 마음이라도 들키면 어쩌지. 얼굴이 새빨개진 범이는 이리저리 머리를 굴리다 아침에 들었던 희한한 이야기를 떠올렸다.

"아 참, 오늘 아주 이상한 이야기를 하나 들었습니다."

추여묘를 만지던 고래눈의 손이 멈췄다.

"……소소생의 행방에 관한 것이냐?"

"또 그 녀석 걱정이십니까? 소소생과 철불가는 사포에 들어왔다가 얼마 전 사라졌다고 합니다. 김 대사가 쫓아낸 건지도 모르지요. 하지만 제가 들은 이상한 소식은 그게 아닙니다."

"그럼?"

"수군 병사들이 불 도깨비를 봤다고 합니다. 얼음 도깨비도요!"

고래눈은 일어서서 넓은 바다를 바라보았다. 고래 수염처럼 하얀 앞머리 두 가닥이 바람에 휘날렸다. 바다에서 불어오는 바람이 심상치 않은 일이 들이닥칠 거라고 예고하는 것 같았다.

"불 도깨비와 얼음 도깨비라……."

6

소소생이 철불가를 따라간 곳은 기예꾼들이 재주를 부리는 천막이었다. 등을 안쪽으로 구부려 발끝을 어깨에 올리는 재주부터 기다란 젓가락 세 개에 유리 접시를 얹어 돌리는 재주까지 온갖 기예꾼들이 모여 있었다. 김해경 시장에 놀러 온 사람들은 그들의 재주를 보며 박수를 쳤다. 그중에서도 가장 화려한 재주를 부리는 자는 불을 뿜는 사내였다.

바람잡이가 구경꾼들 앞을 돌아다니며 외쳤다.

"천하제일 위험하고도 환상적인 불 묘기가 시작되겠습니다!"

가슴에 털이 수북한 사내가 굳이 상의를 찢으며 앞으로 나섰다. 사내는 끝에 작은 공이 달린 곤봉을 들어 입에 머금고 있던 술을 뿜었다. 그러자 곤봉에 괴물 혓바닥처럼 시뻘건 불길이 후욱 일었다. 사람들이 놀라서 박수를 치자 바람잡이가 아직 멀었다며 검지

손가락을 흔들었다.

"겨우 이 정도로 놀라면 곤란합니다! 이번엔 불을 삼키는 묘기!"

사내가 곤봉의 양 끝에서 타오르는 불을 입에 넣을 듯 말 듯 하며 애를 태웠다. 사람들은 불이 사내의 입에 가까워질 때마다 숨을 훅 들이마셨다. 마침내 사내가 불이 붙은 곤봉을 입에 쑤욱 집어넣었다가 꺼냈다. 불이 꺼져 까맣게 탄 곤봉이 사내의 입에서 나오자 사람들이 환호하며 쌀 주머니와 작은 은덩어리, 구리 팔찌 같은 재물을 던졌다. 기예꾼들은 사람들이 던진 재화를 쓸어 담으며 손을 흔들고 인사하기 바빴다.

소소생도 감탄하며 박수 쳤다.

"와! 저 사람도 불 도깨비인가 봐요! 전 불 뿜는 것밖에 못 하는데 불을 삼키기까지 하다니, 진짜 대단해요!"

철불가가 한심하다는 듯 눈을 가늘게 뜨고 소소생을 보았다.

"저걸 진짜로 믿니? 저 사람들은 기술을 쓰는 거야. 겨우 이런 불장난으로 사기를 치다니. 김해경도 별 볼 일 없어졌군."

유난히 큰 소리로 철불가가 말했다. 그 말에 재화를 쓸어 담던 바람잡이가 한쪽 눈썹을 치켜올리며 쳐다봤다.

"왜 그래요, 철불가? 조용히 하세요!"

소소생이 입을 막으려 했지만 철불가는 멈추지 않았다.

"저 사람이 어떻게 불을 뿜는 줄 아느냐? 저 봉에다가 아주 작은 불씨를 숨겨 두고 독한 술을 뿌리는 거야. 그러면 불이 거세져서 마치 없던 불이 생기는 것처럼 보이지. 저런 잡스러운 기술 가지고 무슨 묘기를 한다는 건지, 참나."

바람잡이가 인상을 쓰며 철불가에게 다가왔다. 바람잡이는 엄청난 근육질이어서 소소생 두 명을 어깨에 얹고 있는 것만큼이나 덩치가 컸다.

"어이, 잘난 얼굴 믿고 나대나 본데 여긴 네놈이 놀던 촌구석이 아니란다. 처음이라 봐줄 테니 옆에 있는 꼬맹이랑 꺼져."

"자네들이야말로 촌구석에서 놀았나 본데. 우린 물을 뿌려도 꺼지지 않고 되려 활활 타오르는 불꽃을 만들 수 있거든. 그것도 사람의 온몸에서 말이야."

구경하던 사람들이 어느새 철불가 주변으로 모여들었다. 뒤에서 접시를 돌리거나 몸을 꺾고 있던 기예꾼들도 바람잡이 옆으로 왔다. 불을 뿜던 사내도 험악한 인상을 쓰며 철불가와 소소생에게 다가왔다.

"거짓말 말거라! 그런 걸 할 수 있는 사람이 어딨단 거냐?"

바람잡이가 구경꾼들이 신경 쓰여 더욱 큰소리를 쳤다.

"바로, 여기 이 녀석이다!"

철불가는 몰래 달아나려던 소소생의 뒷덜미를 잡아 바람잡이 앞으로 끌어당겼다.

"엥?"

소소생은 영문도 모르고 앞에 나선 꼴이었다.

"이 애송이가 나보다 불을 더 잘 다룬다고?"

불 뿜는 사내가 소소생을 가리키며 말했다.

"못 믿겠으면 보여 주지! 단, 오늘 너희가 번 재물을 전부 거는 조건으로!"

"좋다! 하지만 거짓이라면 너희들이 목숨을 내놓아야 할 거다."

바람잡이와 기예꾼들은 재물이 두둑이 든 주머니를 철불가와 소소생 앞에 내놓았다.

"아니, 잠시만요. 저는……."

소소생이 변명할 틈도 없이 철불가가 대뜸 소소생의 등을 떠밀었다. 소소생은 구경하는 사람들과 기예꾼들 사이로 뛰어든 꼴이 되었다. 모두의 시선이 '당장 불을 토하지 않으면 죽을 줄 알아.'라고 말하는 것 같았다.

소소생은 괜히 헛기침을 몇 번 하고는 "이얍!" 소리를 내지르며 한 손을 뻗었다. 끼룩끼룩 갈매기 소리만 들려오는 듯했다.

"핫! 너 뭐 하냐?"

바람잡이가 코웃음을 치며 소소생에게 물었다.

'어라? 왜 안 되지?'

소소생은 이번엔 두 눈을 질끈 감고 "이야아얍!" 더 크게 외치면서 두 손을 뻗었다. 역시나 아무 일도 벌어지지 않았다.

"소소생! 장난치면 못써! 네 속의 불을 토해 내! 얼른 아까처럼 불길을 뿜어 보란 말이다. 얼른!"

마음이 급해진 철불가가 소소생의 입을 벌리며 말했다.

"저도 그러고 싶은데 안 나온다고요!"

바람잡이와 기예꾼들이 철불가를 죽일 듯이 노려보며 다가왔다.

철불가는 불 뿜는 사내가 썼던 술병을 가져와 소소생의 몸에 뿌려 댔다.

"자, 활활 타올라라! 어서 불타올라! 빨리!"

철불가의 간절한 염원에도 불구하고 소소생의 몸 어디에서도 불씨 하나 생겨나지 않았다. 구경하던 사람들이 시시하다는 표정을 지으며 천막을 나가기 시작했다.

바람잡이가 주먹을 으드득 쥐며 말했다.

"이제 땔감이 될 건 네놈의 곱상한 얼굴과 긴 혓바닥이 되겠구나."

"잠깐, 잠깐. 사실 내가 누군지 아나? 들어는 봤을 거야. 다리 하나를 잘라 내도 다시 돋아나는 불가사리 같다는 철불가라고. 내가 바로 그 철불가, 이 녀석은 장인을 부리고 지옥에서도 살아 나온다는 덕담계 해적 두령이야!"

"네놈들이 철불가와 덕담계 해적이면 우린 진짜 불 뿜는 도깨비겠다. 하하하!"

기예꾼들은 철불가의 몇 안 되는 참말을 믿지 않으며 비웃었다. 그들이 곤봉과 방망이, 가죽 줄을 휘두르며 다가왔다. 철불가 허리춤에 찬 솔개날을 보았으나 화살이 없어 쓸모가 없었다.

"소소생, 하는 수 없구나……. 내가 말한 두 번째 인생의 비기를 실천해야 할 순간이다."

철불가는 소소생에게 눈으로 신호를 주고는 이렇게 외쳤다.

"불이야!"

철불가가 천막 안쪽을 가리키며 소리치자 기예꾼들이 뒤를 봤다.

그 틈에 철불가는 소소생의 뒷덜미를 잡고 천막 밖으로 튀었다.

"화상에 좋은 약초를 다 가져온 게 맞느냐?"

김 대사가 의원에게 호통을 쳤다.

"죽을죄를 지었습니다, 대사. 다른 방도가 있는지 속히 알아보
겠습니다."

의원이 바닥에 납작 엎드려 말했다. 김 대사라면 정말로 죽여 버
릴지도 몰랐기 때문이다.

김 대사는 불 도깨비로 변한 소소생 때문에 팔에 화상을 입었
다. 그리하여 용하다는 자를 닥치는 대로 김 대사의 집으로 끌고
와 화상을 치료하게 했으나, 아무는 속도가 김 대사의 성에 차지
않을 정도로 더뎠다.

"이 비장, 소소생과 철불가는 찾았나?"

김 대사가 물었다. 감히 고귀한 이 몸에 상처를 입히다니, 김 대
사는 소소생을 가만둘 수 없었다.

"머리카락 하나도 찾지 못했습니다. 대사께서 다시는 이곳에 얼
씬거리지 말라고 엄하게 말씀하신 것 때문인지 어딘가로 도망친
모양입니다."

이 비장은 네가 꺼지라고 해 놓고 이제 와 뭔 소리냐는 이야기를
돌려서 말했다.

"머리카락 하나도 못 찾는다는 건 이 비장 자네가 게으르고 무

능해서 아닌가?"

'그러니까 또 나한테 뒤집어씌우시겠다?'

이 비장은 속으로 욕을 하며 머리를 조아렸다.

"면목 없습니다, 대사."

"혹 그자는 찾았느냐?"

"아직입니다."

"빨리 찾도록 해라. 그자가 뭘 만들고 있었는지 나 또한 소상히 알지 못하니 촌각을 다투어 알아내야 한다! 얼음 도깨비니 불 도깨비니 최근 징조가 심상치 않다."

"대사께서는 소소생이 불 도깨비가 된 것이 그자와 관련이 있다고 생각하십니까?"

김 대사는 더 이상 말하지 않았으나 이 비장은 답을 들은 것 같았다.

"속히 그자와 소소생을 찾아 대령하겠습니다."

"그리고 이 화상을 고칠 만한 의원도 다시 찾아보거라. 사포에 없다면 당포에서! 당포에 없다면 다른 고을에서라도 끌고 와!"

"예! 대사!"

김 대사의 집을 나온 이 비장은 관청으로 돌아가며 병사들에게 일렀다.

"불 도깨비가 나타났다는 소문이 도는 곳을 찾아보아라. 박 한찬의 관할지에서 소소생이나 철불가를 봤다는 소식이 있는지도 알아보아라."

김 대사가 화상이 심해져서 시름시름 앓다 죽으면 좋겠다고 생각하면서도 이 비장은 이렇게 덧붙였다.

"그리고 의원이든 무당이든 용하다는 자는 전부 데려오거라!"

소소생이 담벼락에 찰싹 붙어서 밖을 내다보며 말했다.

"헉헉. 이제 안 쫓아오는 것 같아요."

두 사람은 철불가의 인생 비기에서 두 번째 항목인 '도망쳐'를 실천하느라 발바닥이 부르트도록 달렸다. 기예꾼들은 생긴 대로 체력이 좋아 두 사람이 기진맥진해 쓰러지기 직전까지 쫓아왔다. 기예꾼들이 다음 공연을 할 때가 다 되어 다음번에 만나면 기필코 죽이겠다고 소리치면서 천막으로 돌아가고 나서야 둘은 겨우 한숨을 돌릴 수 있었다.

"헉헉. 소소생 네가 불만 뿜을 수 있었어도 이렇게 쫓기진 않았을 거 아니냐?"

"저도 일부러 그런 게 아니라고요."

소소생은 억울했다. 자신이 원해서 불 도깨비가 된 것도 아닌데 위기의 순간에 불이 나오지 않으니 말이다.

"왜 불이 안 나오지?"

소소생은 불을 뿜어 보려고 캭캭 침도 뱉어 보고 손발을 휘둘러도 보았으나 소용없었다. 영락없이 종이 인형이 팔랑거리는 꼴로 보였다.

"자, 처음 불이 났던 상황을 복기해 보자."

"아까요? 처음에 이 비장이랑 김 대사가……."

"그거 말고."

"지귀가 불쌍하다고……."

"그거 말고!"

철불가는 이제 조금 짜증을 내었다.

"지귀 사탕을 먹고 고래눈이 준 편지를……."

이렇게 말하며 소소생이 고래눈을 떠올리자마자 가슴이 콩닥콩
닥 뛰면서 은은한 온기가 느껴졌다.

"됐다! 불이다! 네 가슴에서 불이 나고 있어!"

소소생이 온기라고 느꼈던 것은 정말로 작은 불꽃이었다.

"좋아, 고래눈을 좀 더 떠올려 보거라."

"어떻게요?"

"고래눈이 어떻게 생겼지?"

"두 눈이 아주 크고 눈동자는 별을 담은 것처럼 반짝이고 그리
고…… 코는 동그란 곡선이 아주 예쁘고…… 입술은……."

고래눈의 장미 꽃잎처럼 붉은 입술을 떠올리자마자 소소생의
가슴에서 불길이 크게 치솟았다.

"아하하! 바로 이거다! 자, 가자! 소소생!"

"어딜요? 이렇게 불타고 있는 채로요?"

"복수해야지! 물론 재물도 얻고 말이야. 하하하!"

철불가는 불타오르는 소소생을 앞장세워 기예꾼들이 재주를 부

리던 천막으로 돌아갔다.

기예꾼들의 묘기는 이번에도 같았다. 접시를 돌리고 몸을 구부리고, 마지막으로 불을 뿜는 사내가 앞으로 나섰다. 불 뿜기가 사람들이 가장 놀라워하고, 반응이 좋은 재주였기 때문이다. 즉, 재물을 많이 벌 수 있다는 뜻이었다. 막 곤봉이 불타오르자 바람잡이와 기예꾼들은 재물을 쓸어 담을 준비를 하고 있었지만 구경꾼들은 무엇에 홀린 듯이 천막 밖으로 빠져나가기 시작했다.

"엥?"

"사람들이 나가고 있잖아?"

어리둥절한 기예꾼들은 구경꾼을 따라 나갔다. 사람들이 술렁이는 곳을 보니 사람 키보다 커다란 불이 일렁이고 있었는데, 놀랍게도 그 불길은 소소생이 입으로 쏘아 올린 것이었다.

"세상에! 불 괴물이야!"

"저렇게 불을 뿜는 사람이 있다니!"

"불꽃이 분홍색이었다가 푸른색이었다가 노란색으로 변하잖아! 이렇게 아름다울 수가!"

사람들은 두려움과 경외심에 감탄하듯 한마디씩 내뱉었다. 그들은 기예꾼들에게 던지려고 했던 철 덩어리와 구리 반지, 곡물을 담은 주머니를 소소생과 철불가에게 던졌다.

기예꾼들과 바람잡이가 외쳤다.

"너! 아까 그!"

"내가 말했지? 우리가 만드는 불은 진짜라고!"

"나도 말했지? 다음번에 걸리면 죽는다고!"

바람잡이가 벽돌을 쌓은 것처럼 단단하고 두꺼운 팔뚝을 내보이며 걸어왔다. 철불가는 냉큼 소소생이 만들어 놓은 횃불을 바람잡이와 기예꾼들에게 휘둘렀다. 기예꾼들이 주춤하는 사이 철불가가 잽싸게 사람들이 던진 재화를 주워 모아 달아났다.

철불가는 소소생을 데리고 김해경에서 가장 큰 음식점으로 한달음에 달려갔다.

"아하하하! 꼴 좋다! 아까 봤지? 깜짝 놀라서 붉으락푸르락하던 녀석들 말이다! 하하하!"

철불가는 자기가 도망친 건 벌써 잊고 비싸고 독한 술을 잔에 부으며 웃었다. 밥상에는 다리가 부러질 정도로 고기가 산처럼 쌓여 있고 독한 술이 담긴 병이 종류별로 놓여 있었다. 불꽃에 옷을 또 태워 먹은 소소생은 이번엔 또 다른 옷을 입고 있었다. 소소생은 대충 철불가가 또 어디서 훔쳐 온 옷이려니 생각했다.

"그 사람들은 더 안 쫓아올까요? 되게 뒤끝 있게 생겼던데."

"네가 불꽃으로 쫓아 버리면 되는데 뭐가 무섭니? 일단 먹자!"

소소생은 철불가의 철없음이 처음으로 부러웠다. 이런 상황에도 밥이 넘어가다니. 하지만 소소생도 불을 만드느라 힘을 써서인지 유난히 배가 고팠다. 꼬르륵. 곧 소소생도 한 손엔 두툼하고 기름진 닭다리를, 한 손엔 주먹밥을 들고 허겁지겁 먹어 치웠다. 철불가는 적당히 고기로 배를 채우자 고급 술을 따르기 시작했다. 한참 뒤 거나하게 취한 철불가가 혀가 꼬부라진 소리를 냈다.

"소소솅? 우린 뭬 부좌가 될 귀야. 으하하핥! 고래눈한테 고꽈워 해야게쒀. 널 지귀로 만들어 줬쟈놔 하하핥!"

"지귀 사탕은 고래눈이 준 게 아니라면서요?"

"고뤠눈이 준 걸로 해 두좌구나. 덕분에 넌 유명해쥐골… 난 부 자가 되골… 얼마나 좋뉘?

"전 덕담으로 유명해지고 싶단 말이에요."

철불가가 또 혀꼬부랑 소리로 길게 말했다. 이번엔 알아듣기 힘 들었으나 해석해 보면 이러했다.

"내가 말했지? 사람들이 널 보고 웃을 땐 네가 재밌어서도 아 니고 너를 좋아해서도 아니라고. 그냥 친절한 사람이라서 웃은 거 란 말이야. 네 덕담으로 웃을 사람은 없단다. 그 아기 장인 말고는 없다고. 하하하."

"그나저나 아기 장인은 잘 있겠죠? 콩쥐도요. 불 도깨비가 되어 보니 아기 장인이랑 콩쥐의 마음을 알 것 같아요. 사람들이 무서 워하니까 참… 상처받네요."

소소생이 어깨를 축 늘어트리며 말했다.

"널 무서워하는 건 좋은 거야. 널 사랑하게 하는 것보다 쉽고 써 먹기도 좋고 말이야."

그때 불청객이 나타났다.

"그래, 너희들은 우릴 좀 무서워했어야지."

기예꾼들이었다.

"네놈들 때문에 우린 이제 김해경에서 불 뿜는 묘기는 못 부리게 됐다. 그러니 손해 배상을 해야겠지?"

"받은 반지랑 팔찌는 저기 있어요. 다 가져가세요."

소소생이 냉큼 오늘 벌어들인 재화를 내밀었다.

"겨우 이걸로 퉁치자고? 사람들 앞에서 망신살을 줘 놓고? 남의 밥그릇을 가로챘으면 그만한 대가는 치러야지, 안 그래?"

"으악, 철불가! 일어나요! 도망쳐야죠!"

소소생이 철불가를 일으키려 했지만 술에 취해 몸을 가누지 못했다. 소소생은 철불가를 두고 혼자 달아나려고 했다.

"전 철불가랑은 상관없어요!"

바람잡이가 거대한 어깨로 소소생을 가볍게 툭 쳤다. 소소생은 종잇장처럼 힘없이 자빠졌다. 기예꾼들은 소소생과 철불가를 바닥에 패대기치고 발로 밟기 시작했다. 흠씬 두드려 맞고 있던 철불가가 간신히 소리쳤다.

"그롼! 그롼! 우리 협쌍화좌! 어?"

철불가의 혀꼬부랑 소리에 바람잡이가 물었다.

"얘 뭐라는 거냐?"

"협상하자는데요?"

"뭘 협상해? 네 팔을 부러트릴지, 다리를 부러트릴지?"

철불가가 또 뭐라고 헛소리를 하자 소소생이 해석해 주었다.

"아니, '자네들은 김해경에서 계속 묘기를 부리면서 살고, 우리도 재물을 벌 수 있게 협상하자는 거지!'라고 하는데요?"

그 말에 머리 회전이 빠른 바람잡이가 물었다.

"어떻게? 헛소리를 하는 거면 네 혀부터 부러트려 줄 테다."

철불가의 알아들을 수 없는 말을 소소생이 또 해석했다.

"혀는 뼈가 없어 부러지지 않아. 자네들과 우리가 힘을 합치면 어떻겠나? 우린 꺼지지 않는 불을 만들 수 있지만 자유자재로 부리진 못하지. 자네들은 기술을 가졌지만 가짜 불꽃밖에 만들지 못하고. 만약 우리가 힘을 합친다면?'이라고 하는데요."

"같이 기예단을 만들자는 소린가?"

바람잡이가 중얼거렸다.

"'맞네! 크게 한탕 하자는 걸세!'라고 하는데요."

철불가의 말에 기예꾼들의 눈이 동그랗게 커졌다.

바람잡이가 물었다.

"그래서 뭘로 크게 한탕 할 건데?"

불쾌한 얼굴로 철불가가 소소생을 가리키며 드디어 알아들을 말을 했다.

"화, 천, 왕!"

7

구름 사이로 하얀 달무리가 빛났다. 밤하늘 아래 고래눈이 습격했던 노예 상선이 동해 어딘가를 표류하고 있었다. 상선은 닻도 없고 돛에도 구멍이 나서 항해도 정박도 어려워, 그저 운 좋게 육지에 닿길 바랄 뿐이었다.

"육지다! 육지가 보인다!"

저 멀리 보이는 섬을 가리키며 사병 우두머리가 외쳤다. 사병들과 노예 상인들은 살았다며 만세를 불렀다.

"어서 횃불로 우리 위치를 알려라!"

우두머리가 말하자 사병들은 횃불을 높이 쳐들고 이리저리 흔들었다. 그때 휘이잉 바람이 불어와 횃불을 모조리 꺼 버렸다. 바람이 점점 거세지더니 웬 오뉴월에 눈보라가 밀려오기 시작했다. 갑자기 닥친 한파에 사병들과 상인들의 몸이 덜덜 떨렸다.

"이, 이게 무슨……!"

"한여름에 어디서 눈보라가 부는 것이냐?"

배에 있는 이들이 우왕좌왕하는 사이 저쪽 바다에서부터 쩌적 쩌적 소리가 가까워졌다. 해수면을 번개 모양으로 얼리며 하얀 구렁이 같은 얼음 덩어리가 다가왔다. 이윽고 얼음 구렁이가 배의 몸 뚱이를 깨물었다고 생각한 순간, 그곳에서부터 얼음이 가시처럼 뻗어 나오며 배가 얼어붙기 시작했다.

"도망쳐라!"

우두머리가 외치자 사병 하나가 배에서 뛰어내리려 했다. 그러나 우후죽순 뻗어 나온 얼음 가시가 그의 발을 꿰뚫더니 온몸을 얼려 버렸다. 다른 병사들도 달아나던 모습 그대로 얼음 조각이 되었다. 바다마저 얼어붙어 하얗게 변해 버렸다.

우두머리는 자신이 목격한 것을 믿을 수 없었다.

눈보라가 짙어서 자세히 볼 수는 없었지만 푸른빛으로 빛나는 두 눈은 멀리서도 또렷하게 보였다.

'얼음 도깨비……!'

눈보라 저편에서 호랑이처럼 생긴 얼음 괴물이 얼음 도깨비를 태운 채 빙하 위를 걸어오고 있었다. 얼음 호랑이가 캬아아악 소름 끼치는 울음소리를 냈다. 그러자 얼음 도깨비가 손에 들린 커다란 고드름을 던졌다. 고드름이 우두머리의 가슴에 꽂히자 곧 그의 몸이 얼어붙더니 쩌정 소리를 내며 산산조각 나 버렸다. 이윽고 눈발이 걷히며 얼음 도깨비의 얼굴이 드러났다. 그 얼굴은…….

기예꾼들과의 협상에 성공한 이후 소소생은 불을 다루는 기술을 연마했다. 덕담꾼으로 살고 싶었을 뿐인데 왜 이젠 불을 다스리기까지 해야 하는 걸까. 소소생은 이해할 수 없었지만 그냥 했다. 철불가와 엮이고 난 후 이해할 수 있는 일은 극히 드물었으니까.

불 뿜는 사내가 북슬북슬한 가슴 털을 쓸며 말했다.

"불을 피워 봐라."

"잠시만요."

소소생은 머릿속으로 고래눈을 그렸다. 그러자 작은 불길이 가슴에서 화르르 피어났다. 옆에 있던 바람잡이가 혀를 끌끌 찼다.

"너무 오래 걸려. 바로 바로 만들어야지! 우리 손님들은 참을성이 없단 말이다."

"생생하게 상상하려면 시간이 좀 걸려서……."

소소생이 혼자 얼굴을 붉히며 주절거리자 잠시 뒤 뿜어내는 불길이 분홍빛으로 변하더니 벚꽃잎처럼 팔랑팔랑 흩날렸다.

바람잡이가 말을 끊었다.

"널 화나게 하는 건 없어?"

그 순간 불 뿜는 사내 뒤에 철불가가 어른거렸다. 철불가는 기예꾼들에게 어디서 또 훔쳐 온 승복에다가 이상한 불꽃 문양을 바느질하라고 시켰다. 그 모습을 본 순간 소소생의 마음에 불길이 화르르 더욱 거세졌다. 이번에는 맹렬한 붉은색이었다.

"오호라, 네 감정에 따라 불길도 변하는가 보군. 그 사람을 생각하면 막 화가 치솟는 건가?"

"어쩔 땐 굉장히 화가 났다가 어쩔 땐 차갑게 가슴이 식기도 해요. 그래서 불도 꺼지고요."

"애증이로군."

"그냥 증오 아닐까요? 애증의 애*따위는 없다고요!"

"아주 복잡 미묘한 감정이야. 그 사람을 생각하면서 불을 뿜는 게 효과적이겠다. 자, 이번엔 그 사람을 떠올리며 불을 끄는 거야."

바람잡이가 말하자마자 소소생은 곧바로 철불가가 정 떨어지게 했던 순간을 떠올렸다. 워낙 많아서일까. 고를 필요도 없이 불이 피시시 소리를 내며 꺼졌다.

"그 사람은 정말 너에게 대단한 인연이군. 좋아, 이젠 불꽃으로 모양을 만드는 것도 해 봐."

"그게 된다고요?"

"못 할 것 같니? 너 자신을 믿어야지! 넌 해낼 수 있다! 안 되면 내가 되게 해 주마. 흐흐."

불 뿜는 사내가 소소생의 두 어깨를 꽉 잡으며 말했다. 그 힘이 너무 세서 소소생은 고개가 떨어지도록 끄덕였다.

그렇게 며칠이 흘렀다. 때가 됐다고 생각한 철불가는 김해경 시장 앞을 거닐며 먹잇감을 물색했다. 이왕이면 재물이 많아 보이고 탐욕에 눈이 먼 사람이 좋았다. 탐욕스러운 인간은 절대 남을 믿지 않지만 가려운 곳 한 군데만 제대로 긁어 주면 금세 귀가 얇아져

안달복달하고 만다. 후후후, 누굴 점찍어 볼까. 철불가는 두 손을 비비며 시장을 오가는 사람들을 눈으로 훑었다.

마침 적당한 대상이 보였다. 귀가 떨어질 듯 커다란 귀걸이와 화려한 금목걸이를 찬 귀부인이었다. 치렁치렁 값비싼 비단옷을 걸쳤고, 나이는 철불가보다 열 살은 족히 많아 보였으며, 눈꼬리가 치켜 올라가 꽤 사나운 인상이었다. 철불가는 몰랐겠지만 귀부인은 김해경 백성들에게 악덕 고리대금업자로 유명했다.

귀족들은 부패한 일부 사찰들과 결탁해 고리대금업에 뒷돈을 대기도 했는데 귀부인도 그런 자들 중 하나였다. 감당할 수 없는 조세에 돈 없고 힘없는 백성들은 어쩔 수 없이 자신의 몸이나 가족을 담보로 잡고 먹을 것을 빌렸다. 눈덩이처럼 불어나는 이자를 갚을 방법이 만무했기에 담보로 맡겨졌던 자들은 대부분 노예로 팔려 갔고 뒷돈을 댄 귀족들은 노예 매매로 더 큰 돈을 벌어들였다.

"어? 낭자, 우리 전에 만난 적 있지 않아?"

"감히 어떤 잡놈이 반말을……."

몹시 노여워하던 귀부인은 철불가의 잘생긴 얼굴을 보고 눈꼬리만큼 올라갔던 목소리를 침착하게 가다듬었다.

"흠, 그랬던 것 같기도?"

당연히 초면이었으나 귀부인은 이렇게 잘생기고 젊은 남자가 대놓고 수작을 걸어 주니 기분이 좋았다.

"그렇지? 낭자처럼 고귀하고 우아한 사람은 한 번 보면 잊을 수 없거든. 낭자, 시간 되면 나랑 잠시 이야기 나누지 않겠어? 소원을 빌면 이루어지는 곳을 알고 있거든."

"이상한 곳이면 가만두지 않을 테다. 날 모르는 것 같아 말해 주는데, 김해경에서 가장 많은 사병을 거느리고 있는 가문이니 허튼 수작은 부리지 않는 게 좋을 거야."

"역시! 낭자가 괜히 우아해 보이는 게 아니었구나. 내 말이 거짓이면 날 죽여도 좋아. 내가 가려고 하는 곳은 신통방통한 불꽃을 보는 것뿐이니까 걱정하지 않아도 돼. 낭자처럼 아름답고 정열적인 불꽃이야. 나랑 불 보러 가지 않을래?"

귀부인은 못 이기는 척 철불가의 옆에 섰다. 잘생기고 젊은 사내와 걸어가니 김해경의 모든 사람들이 자신을 우러러보는 것 같았다. 귀부인은 그 시선을 마음껏 즐기며 철불가를 따라갔다.

철불가가 데려간 곳은 기예꾼들이 재주를 부리는 천막이 있던 곳이었다. 천막 바깥에는 간판이 달려 있었는데, '행복하세요. 철불가'라고 썼던 것과 똑같이 휘갈긴 붓글씨로 '화천왕火天王'이라고 쓰여 있었다.

"화천왕?"

귀부인이 중얼거리며 천막 안으로 들어가자 매우 수상하고 기이한 내부가 펼쳐졌다. 바닥에는 연꽃이 그려진 천이 깔려 있고 벽에는 붉은색 술이 담긴 유리병이 쌓여 있었으며 벽에는 도인의 그림이 그려진 하얀 천이 걸려 있었다. 세상의 온갖 이상한 종교는 다 끌어와 섞어 놓은 느낌이었다. 어수선하고 요상한 분위기의 화룡점정은 제단 중앙에 놓인 커다란 항아리였다.

"저건 뭐지?"

귀부인이 의심의 눈초리로 철불가를 보았다. 철불가가 눈웃음을 흘리며 말했다.

"요즘 나처럼 잘나가는 사람들 사이에선 '불멍'이란 게 유행하고 있어. 불꽃을 보면서 멍하게 있다 보면 고민이 해결된다는 거야. 바로 그 불꽃을 만드는 게 우리 화천왕이시지."

철불가는 항아리 쪽으로 걸어갔다. 귀부인은 떨떠름했지만 철불가를 따라 항아리에 다가갔다. 기예꾼들이 항아리를 호위하듯이 둘러서 있었고, 항아리에선 작은 불꽃이 피어올랐다. 항아리는 사람 하나는 족히 들어갈 정도로 컸다.

철불가는 항아리와 거리를 두고 서서 두 손을 모았다.

"화천왕님, 화천왕님, 이 아리따운 낭자를 도와주세요."

그러자 항아리에서 타오르던 불길이 더욱 일렁였다. 항아리 안에 있는 소소생의 머리에서 이글이글 타오르는 불꽃이었다. 소소생은 머리에 불꽃이 조악하게 그려진 두건을 쓰고 있었다. 철불가의 능글능글한 말투에 화가 나 불길이 자연스레 커진 것이었다.

"앗! 화천왕님께서 낭자에게 말씀하고 계셔!"

철불가는 항아리의 불길을 향해 손을 뻗더니 몸을 부르르 떨며 귀부인에게 말했다.

"이런! 낭자의 자식이 지금 위험해! 사고가 났는데 보석을 바치면 다 나을 거래!"

"자식 없는데……?"

"아아, 알겠다! 화천왕께서 자식이 아니라 가족이라고 하신 거였다! ……세상에, 부모님이 위독하시네!"

"조실부모하여 혈혈단신 집안을 일으켰거늘. 어디서 감히 수작질을……!"

화가 난 귀부인이 항아리를 깨트릴 듯 다가가자 철불가가 귀부인의 손을 잡았다.

"잠깐, 낭자. 화천왕의 말씀을 한 번만 더 들어 줘. 낭자가 꼭 들어 줬으면 하는 말이 있으시대. 낭자가 이 말을 듣지 않으면 얼마나 아쉬워할지 내가 너무 안타까워서 그래."

철불가가 손을 잡자 귀부인의 심장이 빠르게 뛰었다.

"어디 해 보거라."

귀부인이 한 번 더 기회를 주었다. 마지막 기회였다. 이번에 놓치면 모든 게 끝장이었다.

"네? 세상에! 화천왕님께서 직접 말씀하시겠다고요?"

철불가가 항아리를 향해 물었다. 그러면서 빨리 뭐든 해 보라고 바람잡이에게 눈짓을 했다. 항아리에 웅크리고 있던 소소생이 항아리에 뚫린 작은 구멍으로 밖을 내다보았다.

"꼭 해야 돼요?"

소소생이 바람잡이에게 묻자 항아리에 난 구멍으로 바람잡이가 고개를 들이밀고 말했다.

"응. 안 해도 돼. 그런데, 우리가 너한테 얼마나 많은 걸 해 줬니? 너한테 되도 않는 불 기술 가르쳐 줘, 수련한다고 수발 들어 줘, 이 천막은 또 누구 거고? 우리도 손해가 이만저만이 아닌데, 그건 누가 보상하지?"

"그, 그래도 싫어요. 사기 치는 거잖아요. 그, 그건 나중에 꼭 갚을게요."

"싫으면 안 해도 된다니까. 대신 이 항아리에 담긴 채로 젓갈이 되면 돼."

바람잡이가 눈웃음을 지었다. 소소생은 기예꾼들이 무표정일 때보다 웃을 때가 더 무서웠다. 그럴 때면 꼭 엄청난 훈련이 뒤따랐기 때문이다.

"자, 내 말 따라 해 볼까? 혼사, 저주, 재산 중에 뭐가 문제냐고 물어봐. 이 꼬맹아."

소소생이 어쩔 수 없이 떨리는 목소리로 말했다.

"혼사, 저주, 재산 중에 뭐가 문제냐고 물어봐, 이 꼬맹아."

소소생이 맹하게 그대로 따라 하자 바람잡이가 눈을 부라렸다.

"야!"

"야?"

소소생이 또 그대로 따라 했다.

위기다! 철불가는 이마를 짚고 한숨을 푹 쉬었다. 하지만 웬걸, 귀부인이 갑자기 철불가의 두 손을 덥석 잡았다.

"신이시여! 내가 혼사에 고민이 있는 건 어찌 알고?"

"낭자, 내가 말했잖아. 화천왕께 오면 모든 고민이 해결된다고. 우리 화천왕께선 모르시는 게 없거든."

"그래, 화천왕이 우리를 이렇게 만나게 해 주었으니 정말 신통방통해. 내 일찍 남편을 여의고 재혼을 꿈꾸고 있었거든."

귀부인은 철불가를 갸륵한 눈으로 바라보았다. 철불가는 갑자기 주먹으로 가슴을 치면서 눈물 흘리는 척을 했다.

"젠장! 낭자, 대체 왜 이제야 나타난 거야? 내가 그동안 얼마나 낭자 같은 사람을 만나고 싶어 했는데! 이제야 낭자를 만나다니 하늘이 원망스럽다고! 만약 내가 화천왕께 귀의해서 평생 혼인하지 않겠다고 약속하지만 않았어도……!"

귀부인은 갑자기 흥미가 떨어진 것처럼 실망한 표정을 지었다.

"있잖아, 방법이 아주 없는 건 아니야. 내가 화천왕께 빌어 볼게. 낭자에게 나보다 더 잘생기고 더 멋진 남자를 보내 달라고."

"너보다 인물이 좋은 남자가 더 있다고? 화천왕께 빌면 더 잘생긴 남자를 만날 수 있단 말이냐?"

"당연하지. 화천왕을 믿는 제자들 중에서 내가 제일 못생긴 편이거든. 사실 거기 있으면 자신감이 떨어져. 다들 너무 잘생겨서 말이야."

"세상에! 당장 그 제자들을 데려오거라."

"그러고 싶지만, 먼저 화천왕에게 낭자의 믿음을 보여야 해."

"믿음? 어떻게?"

"믿음이란 눈에 보이지 않지. 내가 낭자를 사랑하는 마음처럼 말이야. 다행히도 화천왕께선 그런 믿음을 보이는 것으로 대신하도록 해 주셨어. 그러니까 금반지나 은덩어리 같은 걸로 말이야."

"이거 순 사기 아냐?"

귀부인이 천막을 나가려 하자 철불가가 바람잡이에게 눈짓을 다시 보냈다. 바람잡이가 항아리에 든 소소생에게 말했다.

"야! 나와서 불 뿜어."

"속이기 싫단 말이에요······."

"나오라니까?"

소소생이 한사코 싫다며 항아리에서 몸을 웅크리고 버텼다. 그러자 급해진 철불가가 달려가 항아리를 발로 뻥 걷어찼다.

"으악!"

항아리에서 소소생이 튕겨 나오며 머리 위의 불꽃이 거대해졌다. 소소생이 데굴데굴 굴러가자 마치 거대한 불꽃이 혼자 빙글빙글 돌아가는 것처럼 보였다.

"화천왕이시다!"

귀부인이 놀라서 꺄악 소리를 질렀다.

때를 기다리던 기예꾼들이 돌아가는 불꽃이 된 소소생을 보더니 화로가 달린 줄을 가져와 쥐불놀이처럼 휘두르기 시작했다. 기예꾼들이 줄을 휘휘 돌리자 불꽃이 원을 그리며 춤을 추는 것처럼 보였다. 소소생이 불을 끄려고 움직일수록 몸을 감싼 불꽃이 활활 타올라 더욱 멋진 묘기처럼 보였다.

귀부인의 눈이 반짝반짝 빛났다.

"화천왕이시여, 제 믿음을 보일 테니 부디 여기 있는 녀석보다 잘생긴 남자와 혼사를 치르게 해 주세요!"

귀부인은 주머니에 넣고 다니던 금덩어리 몇 개를 바쳤다.

"아직 남아 있는 믿음이 있어."

철불가는 근사하게 웃으며 귀부인의 귀걸이를 빼냈다.

"여기에."

"어머……."

"화천왕께선 가지고 있는 모든 믿음을 탈탈 털어서 바치길 원하시거든."

귀부인은 철불가의 미소에 홀려 남은 귀걸이 한 짝과 손가락마다 차고 있던 보석 박힌 가락지까지 모조리 빼서 바쳤다. 철불가는 이것들을 알뜰살뜰 주머니에 챙겼다. 귀부인은 소소생을 화천왕이라 믿으며 손이 닳도록 기도하고는 천막을 떠났다.

"이야, 소소생! 거기서 구를 생각을 하다니! 너 사기에 천부적인 재능이 있구나! 너 혹시 덕담 빼고 다 잘하는 거 아냐? 하하하!"

철불가의 칭찬에 소소생은 울적해졌다. 기예꾼들도 두둑한 보물을 보자 들떠서 자기들끼리 손을 맞대고 환호했다.

"네가 철불가가 맞긴 맞군. 화천왕이라는 가짜 불귀신을 만들어서 사기를 칠 생각을 하고 말이야."

바람잡이가 금덩어리를 보며 말했다.

"시장에서 푼돈 벌 때랑은 다르지? 타락한 귀족만큼 사기 치기 좋은 상대가 없거든. 후후."

사실 철불가는 사포에서 상인들이 자신들을 떠받들어 줄 때를 떠올리며 화천왕을 생각해 냈다. 철불가가 '행복하세요.'라고 쓰기만 해도 사람들은 좋아서 공짜 술을 내쳤다. 사람들의 소원을 들어준다고 믿게만 하면 큰 부자가 될 수 있다! 철불가는 거기서 화천왕이라는 생각을 떠올렸던 것이다.

"이제 안 할 거예요."

소소생이 투덜거렸다.

"그래그래 그만둬, 우리가 평생 먹고살 만큼은 벌고 나서. 그리고 그거 아니? 네가 화천왕이 되면 고래눈도 널 동경할 거야."

"동경은 무슨! 사기 친다고 실망이나 하겠죠!"

"보렴. 우리가 하는 짓이 고래눈이 하는 의적질과 다를 게 없잖아. 우린 부패한 귀족들의 재물을 빼앗아서 시장에서 야무지게 쓰고 있다고. 부의 재분배라고 들어 봤니? 나쁜 놈들 재산을 우리가 백성들에게 써서 시장 경제를 활성화하고 한쪽에 쏠린 부를 공평하게 나눠서 양극화된 빈부 격차를 줄이는 거지."

"네? 빈부 뭐요?"

소소생은 철불가가 어려운 소리를 해 대자 흐리멍덩한 눈이 되었다. 무슨 소리인지 모르겠지만 대충 고래눈이 하려던 일과 비슷한 일이라는 얘기로 들렸다.

"이제 알아들었지? 자, 그러니 불꽃 연습이나 더 하려무나."

철불가는 소소생의 어깨를 툭툭 치고는 천막을 나갔다.

그날 이후 김해경에는 화천왕에게 재물을 바치면 소원이 이루어진다는 소문이 파다했고 화천왕교는 문전성시를 이루었다. 화천왕이 산다는 천막은 어느새 으리으리한 기와집으로 바뀌었다.

왜 이렇게
잘되는 거야?

휴우~

철불가, 이 인형이 나아? 저 인형이 나아?

답답하게
생긴 것이 이게
소소생하고
닮았군.

이걸로 백 개를 만들게!

좋았어!

으쌰 맡겨만 둬!

아자!

이게 제 인형이라고요?
이런 걸 왜 만드는데요?

화천왕을 만나러 오는 사람은
많은데 다 만나 줄 수 없잖니.
그들에게 널 닮은 인형을
판매할 거야. 그래,
'굿즈'라고 부르자!
'굿을 하면서
즈희 소원을
들어주세요오~'
하고 기도하는
물건이니까!

ㅋㅋㅋ

이 굿즈를 불에 태우고 소원을 빌면
화천왕께서 들어줄 거라고 하면서 파는 거야.
어때, 짤랑짤랑 보물이 쌓이는 소리가 들리니?

짤랑

짤랑

부리리릭 부리리릭

휙

?

옳지! 옳지!

피

엉

처불가!
아아아아

으아아
아양

8

"드디어 왔소! 올 게 왔단 말이오!"

얼굴이 잔뜩 상기된 바람잡이가 철불가와 소소생에게 달려왔다.

"뭔 소리요?"

철불가가 술을 마시다 말고 물었다. 요 근래 철불가는 벌어들이는 재화로 술을 마시느라 항상 취해 있었다.

"김해경에서 이자를 모르면 첩자라는 소리를 듣는다오. 게으르고 나태하여 제 곳간 털어먹을 줄만 아는 인간이라오. 얼마나 게으른지 뭘 사라고 권유하면 그걸 살까 말까 고민하는 것도 귀찮아서 그냥 다 사 버린다오. 이자를 물면 인생 핀다, 이 말이지!"

바람잡이가 신이 나서 침을 튀기며 말했다.

"좋다, 손님 맞으러 가자!"

철불가는 몸에 잔뜩 기합을 넣고 화천왕에게 기도하는 방으로 갔다. 그곳에서 익숙한 얼굴이 철불가와 소소생을 기다리고 있었다. 박 한찬이었다.

"아니 저 인간이 왜 여기에 있지?"

철불가는 급히 벽 뒤로 몸을 숨겼다. 소소생도 마찬가지였다.

"전에 철불가가 김해경은 박 한찬의 관할지라고 했잖아요."

소소생이 말했다.

"그래도 왜 여기서 만나냐고? 큰일이군."

철불가는 두건을 깊이 눌러쓰고 박 한찬 앞으로 갔다. 철불가가 박 한찬 앞에 서서 시선을 끄는 동안 소소생은 재빨리 항아리 안으로 들어갔다.

"화천왕께 무슨 소원을 빌러 오셨습니까?"

철불가가 목소리를 굵게 변조해서 말했다.

"소원을 빌러 온 게 아니다. 환불을 받으러 왔다."

"회개하시오! 그런 사악한 말을 입에 담다니! 화천왕께서 금하는 사악한 말 세 가지가 환불, 할부, 할인입니다. 믿음 없는 자들이 입에 달고 사는 말이지요."

"일전에 부하를 통해 인형을 샀으나 소원이 이뤄지지 않았다. 그러니 환불받는 것이 당연하지 않느냐! 너희를 당장 잡아들일 수도 있으나 자비를 베풀어 인형값의 열 배를 바친다면 봐주마."

박 한찬은 처음엔 화천왕을 찾아간 것이 소문날까 두려워 부하를 시켜 인형을 사 갔다. 하지만 아무리 소원을 빌어도 이뤄지지 않자 귀찮음을 무릅쓰고 제 발로 찾아온 것이다. 그만큼 박 한찬에게는 절박한 소원이 있었다.

"화천왕의 인형을 태웠어도 소원이 이뤄지지 않는 것은 믿음이 부족해서입니다. 저번에 사신 것의 곱절을 사서 태워 보십시오. 그래도 이뤄지지 않으면 더 많이 사서 태우십시오. 모든 것은 믿음이 부족해서입니다."

"어디서 농간을 부리느냐? 내가 누군지 알고!"

"혹시 어떠한 소원입니까? 원하신다면 화천왕께서 이곳에 강림하시어 소원을 직접 빌 수 있게 해 드리겠습니다."

그 말에 박 한찬의 눈빛이 달라졌다.

"화천왕이 직접 나타난다고?"

"그렇습니다. 아까부터 이곳에 계셨습니다."

철불가가 슬쩍 손짓을 하자 바람잡이가 항아리를 툭 발로 찼다. 항아리 안에 들어 있던 소소생이 정수리로 불을 뿜었다. 화르르 불이 치솟자 박 한찬이 놀라 뒤로 물러섰다.

"아아아아! 화천왕께서 벌써 그대의 염원을 느끼셨습니다!"

철불가가 항아리의 불길로 손을 뻗더니 몸을 부르르 떨었다. 박 한찬이 의심스럽게 쳐다보자 철불가가 더 크게 소리쳤다.

"아아아아, 화천왕님, 화천왕님! 그자의 이름이 보이십니까? 그토록 증오하고 미워하는 그 이름이!"

소소생이 항아리 속에서 불꽃으로 글자를 만들어 허공에 띄웠다. 소소생은 여러 날의 수련으로 불꽃으로 글자나 형상을 만들 수 있었다. 허공에 불꽃으로 글자가 써지자 철불가가 외쳤다.

"오오오! 김金! 화천왕께서 그대에게서 본 이름입니다!"

박 한찬은 무릎을 털썩 꿇고 말았다.

"이럴 수가! 김 대사를 향한 나의 증오를 알아채다니! 김 대사가 망하게 해 주십시오. 그 인간이 속히 단명하여 노른자위 땅인 사포와 당포를 제가 다스리게 해 주십시오."

철불가가 말했다.

"서로를 증오하는 마음이 참으로 아름답군요."

"서로?"

박 한찬이 예리하게 되묻자 철불가가 태연하게 웃으며 말했다.

"사실 김 대사도 얼마 전에 와서 한찬께서 망하기를 빌었답니다. 그러니 한찬께서 소원을 이루려면 김 대사의 몇 곱절은 더 빌어야 합니다. 화천왕께선 더 깊은 믿음을 보이는 자의 손을 들어 주시지요."

"어떻게 말이냐?"

"금괴 백 개를 바치십시오."

철불가가 태연하게 말했다.

"너무 많다!"

박 한찬이 빽 소리를 질렀다.

"아까우십니까? 화천왕께서 한찬을 위해 준비하신 은혜를 생각하면 많은 게 아닙니다. 김 대사가 망하면 그 재산과 소유지를 다 한찬께서 손에 넣고 금괴 만 개보다 더한 재물을 갖게 될 것입니다. 김 대사는 금괴 백 개를 내고 소원을 빌었는데……. 화천왕께서 김

113

대사의 소원을 들어줄 수밖에 없겠군요. 참으로 안타깝습니다."

철불가가 진심으로 안타깝다는 듯 울상을 지었다.

"아니다, 아니다! 그럼 금괴 백 개를……."

"아, 이런! 화천왕께서 그대의 마음을 읽고 노여워하십니다. 금괴 이백 개는 바쳐야 소원을 들어주시겠다는군요."

"이백 개?"

"혹시 아깝다고 생각하는……?"

"아니다! 금괴 이백 개로 김 대사를 망하게만 한다면 아깝지 않지. 오늘 저녁에 금괴를 여기로……."

"믿음은 당장 보여야 합니다. 그러지 않으면 금괴 삼백……."

"당장 가져오마! 화천왕님, 기다려 주십시오!"

그 길로 박 한찬은 금괴 이백 개를 실어 와 바쳤다. 번쩍번쩍 빛이 나는 금괴가 한 수레로 도착하자 철불가는 가슴이 벅차 주먹으로 입을 틀어막았다. 박 한찬이 떠나자 바람잡이가 소리를 질렀다.

"금괴 이백 개? 인생 역전이다!"

철불가도 신이 나서 주머니에 금괴를 있는 대로 주워 담았다.

"하하하! 소소생, 고생했다! 기분이다! 오늘은 아주 비싼 술을 먹자꾸나!"

철불가는 기예꾼들과 어깨동무를 하고 김해경에서 가장 큰 술집으로 갔다. 김 대사의 집만큼 커다란 저택에서 원숭이와 방울뱀 공연이 펼쳐지고 선남선녀들이 춤을 추는 곳이었다. 이색적인 옷을 입은 색목인들과 사신들이 신라 귀족들과 어울려 큰 소리로 떠들며 술을 마시고 있었다.

철불가와 기예꾼들은 술집에서 가장 큰 방을 잡고 주거니 받거니 술잔을 비웠다. 바람잡이가 차가 담긴 잔을 소소생에게 내밀었다.

"자, 자, 우리 화천왕께서도 드셔야지. 귀족들이 좋아서 환장한다는 고급 차란다."

"차 안 좋아해요."

"그래, 안 마셔도 돼. 그냥 나 혼자 먹고 돼지지 뭐. 우리 고귀한 화천왕이신데."

바람잡이가 또 눈웃음을 치며 말하자 소소생은 겁이 나서 찻잔을 받아 들었다. 소소생은 차를 단숨에 들이켰다. 단맛과 쓴맛이 동시에 나는 것이 참으로 오묘한 맛이었다. 정신이 몽롱해진 소소생은 졸음이 쏟아져서 깜빡 잠이 들었다.

"여보시오. 여보시오!"

소소생은 술집 주인이 깨우는 통에 간신히 눈을 떴다. 창밖을 보니 벌써 대낮이었다.

"언제까지 잘 거요? 술값은 계산하고 자든지!"

소소생은 옆에서 침까지 흘리며 자는 철불가를 흔들어 깨웠다.

"철불가, 철불가, 일어나세요. 술값 계산하래요."

"응? 계산? 거참, 하면 될 거 아니요."

철불가는 거들먹거리며 주머니를 뒤졌다.

"얼마요? 금괴 하나면 되겠……?"

주머니가 비어 있었다. 소매 안, 품 안 어디에도 금괴가 없었다.

"어라? 분명히 금괴를 열 개는 들고 나왔는데 어디 갔지? 참, 그 기예꾼 녀석들은?"

철불가가 잠이 덜 깬 얼굴로 물었다.

"댁들 일행은 진작 나갔지."

"여보시오, 혹시 화천왕을 아시오? 그대의 소원을 빌어 보시오. 그걸 이뤄 주는 것으로 화천왕께서 술값을 갚아 주실 것이오."

철불가가 사람 좋은 미소를 지으며 술집 주인에게 화천왕의 지푸라기 인형을 건넸다.

"화천왕? 그 사기꾼 말이오? 소원 하나도 안 이뤄 주던데? 그딴 소리는 집어치우고 술값이나 계산하시오!"

술집 주인이 인형을 패대기치고는 철불가의 멱살을 잡았다.

"소소생! 불! 불! 빨리!"

철불가가 외치자 소소생이 후- 하고 불어서 입으로 작은 불을 뿜었다. 술집 주인이 후다닥 불길을 끄는 사이 철불가가 소소생을 데리고 도망쳤다. 소소생이 달아나며 외쳤다.

"죄송해요!"

철불가와 소소생이 화천왕 집에 도착해서 거대한 대문을 열었을 때는 이미 기예꾼들은 머리털 하나 보이지 않았다. 철불가가 아뿔싸! 하는 얼굴로 보물을 쌓아 둔 방으로 달려가 문을 열었다. 금괴 이백 개와 그동안 모아 둔 보물이 하나도 보이지 않았다.

"다 털렸어! 그놈들이 털어 간 거야!"

기예꾼들은 철불가와 소소생의 잔에 잠이 오는 약을 타서 재운

뒤 재물을 챙겨서 달아난 것이다.

"오! 철불가가 사기를 당할 줄이야. 오래 살고 볼 일이네요."

"이게 남 일이냐? 우리가 모은 재산을 전부 도둑맞았다고!"

"언제부터 우리래요? 차라리 잘됐어요. 사기 쳐서 모은 재산은 사기로 날리는 게 맞죠."

"소소생, 우리 처음부터 다시 시작하자. 화천왕으로 다른 곳에 가서 새로 시작하면 돼."

"이제 안 할 거예요. 다시 사람으로 만들어 준다더니 그건 관심도 없고 제가 불 도깨비가 된 걸 이용해서 재물만 벌려고 했잖아요."

소소생과 철불가가 티격태격하고 있을 때 밖에서 분노의 고함이 들려왔다.

"철불가! 소소생! 거기 있는 것 다 안다! 당장 나와라!"

박 한찬이었다.

"쟨 또 왜 저래?"

철불가는 문을 살짝 열어서 밖을 봤다. 박 한찬의 병사들이 흩어져서 집 안을 샅샅이 뒤지고 있었다.

"감히 하찮은 해적 놈들이 화천왕 행세로 날 속이려 들어? 내 모를 줄 알고?"

박 한찬이 노여워서 씩씩대며 외쳤다.

"꿈에도 몰랐으면서. 그런데 우리 정체는 어떻게 안 거야?"

박 한찬이 그들의 정체를 알게 된 것은 뜻밖에도 철불가가 처음 속였던 귀부인 때문이었으니—

박 한찬은 어느 날 자신이 관리하던 노예 상선 하나가 통째로 사라졌다는 것을 알았다. 고래눈이 약탈했던 그 배였다. 거기에 노예를 대던 이가 바로 철불가의 첫 손님이었던 귀부인이었다.

철불가에게 속아 재물이 부족해진 귀부인은 박 한찬에게 노예와 뇌물을 상납하지 못했고, 이에 박 한찬에게 추궁당하자 화천왕의 이름을 댄 것이다.

막 금괴 이백 개를 바치고 난 터라 심장이 벌렁벌렁해진 박 한찬은 부하를 시켜 화천왕을 조사하게 했고, 김 대사가 화천왕에게 소원을 빌었다는 것이 거짓임을 알게 되었다.

"이것들이 감히……!"

기예꾼들은 박 한찬이 화천왕 무리를 잡으러 온다는 소식을 발빠르게 들었고, 이에 재물을 빼돌려 달아났다. 예의 바른 이들은 박 한찬을 위한 선물도 잊지 않았으니 바로 화천왕은 소소생이며 사제 노릇을 하는 자가 철불가라는 쪽지였다.

"당장 놈들을 잡아들여라!"

이러한 연유로 박 한찬이 화천왕의 집에 들이닥친 것이었다.

"이제 어떡해요?"

소소생이 철불가에게 물었다.

"김해경을 떠나야지."

"여기 있어야 지귀에서 사람이 되는 정보를 얻을 수 있다면서요! 또 거짓말이었어요?"

"이런! 내가 깜빡하고 말하지 못했구나! 실은 며칠 전에 네가 지귀 신세에서 벗어날 수 있는 방법을 찾았거든!"

"그걸 왜 이제 말해요?"

"진짜야. 장보고가 생전에 여덟 곳의 보물 창고를 만들어 두었다는구나. 그중 첫 번째 보물 창고를 가리키는 지도가 내 손에 있단다. 거기에는 온갖 보물이 다 있다고 하더구나. 그러니까 아마 만병통치약도 있을 거고, 그걸 먹으면 네 몸도 원래대로 돌아갈 거야. 그러니 장보고의 보물 창고로 가야 해. 그러려면 네가 저 병사들을 지귀의 힘으로 물리쳐야겠지?"

철불가는 어지간히 급했는지 보물 창고에 대한 이야기를 쏟아냈다.

"또 절 이용하려고 거짓말하는 건 아니겠죠?"

소소생은 불신의 눈초리로 철불가를 쳐다봤다. 박 한찬의 병사들이 집을 다 뒤지고 소소생과 철불가가 있는 방으로 다가오고 있었다. 철불가가 다급하게 말했다.

"장보고의 보물 창고로 가면 우리 모두에게 좋은 일인데 왜 거짓말을 하겠니. 넌 지귀 신세에서 벗어나서 원래 몸으로 돌아가니 좋고, 난 장보고의 보물을 차지하니 좋고. 안 그래?"

그 순간 병사들이 방으로 들이닥쳤다. 소소생은 이번에도 철불가의 진심 어린 말에 넘어갔다.

"이번엔 진짜 장보고의 보물 창고로 가는 거예요!"

"알았다니까!"

병사들이 철불가와 소소생을 방에서 끌어내 밧줄로 묶었다. 소소생은 눈을 감고 고래눈을 떠올렸다. 고래눈이 자신을 보며 활짝 웃어 줄 때, 풍탁을 건네주며 손이 스칠 때를 떠올렸다. 그러자 소소생의 온몸에서 불길이 화르르 일어났다.

"으악! 괴물이다!"

"불, 불 도깨비다!"

병사들이 놀라서 외쳤다. 소소생이 손을 뻗어서 불길을 뿜자, 불길이 기와집의 벽을 몇 겹이나 뚫어서 길을 만들었다. 철불가는 병사들이 가진 화살을 몇 개 훔쳐서 챙겼다. 그러더니 소소생의 손을 잡고 벽에 뚫린 길로 달아나기 시작했다.

"놓치면 안 된다! 잡아라!"

박 한찬이 외쳤다. 병사들이 쫓아오자 이번엔 소소생이 입으로 불길을 뿜어서 벽을 무너뜨렸다. 병사들은 무너진 벽에 가로막혀 소소생과 철불가를 놓치고 말았다.

"살면서 처음으로 네가 대단해 보이는구나. 꼭 사람으로 돌아가야겠니?"

소소생이 달리면서 물었다.

"당연하죠! 됐고, 장보고의 첫 번째 보물 창고는 어디에 있어요?"

철불가가 씩 웃으며 말했다.

"장보고 하면 어디겠느냐! 청해진이지!"

9

"어……, 근데 여기 청해진 맞아요? 듣던 거랑은 조금…… 많이 다르네요?"

소소생이 두리번거리며 물었다. 한때 어디보다 화려하고 융성했을 청해진은 폐허가 되어 있었다. 사람의 흔적이 보이지 않는 무인도처럼 쇠락한 청해진을 보니 이상하게도 가슴 한편이 아렸다. 든든한 요새와 거대한 군함이 자리하고 장보고 대사의 지휘에 일사불란한 병사들이 가득했을 이곳은 이제 폐허처럼 무너진 흔적과 거미줄밖에 보이지 않았다.

"장보고 대사가 살아 계셨을 때 와 봤으면 좋았을 텐데."

"미친 게냐? 그때 왔다면 네놈은 모가지가 댕강 날아가서 다음 날 성벽에 걸렸을 터인데?"

"네? 제가 왜요?"

"넌 덕담계 해적 두령 소소생 아니냐. 하하하하."

"누구 때문에 이렇게 됐는데요! 거짓 소문 때문에 생고생만 하다가 지귀까지 됐으니…… 여기 진짜 첫 번째 보물 창고가 있는 거 맞죠? 보물 지도는 어디에 있는데요?"

"여기에 있지."

철불가가 자신의 머리를 톡톡 쳤다.

"보물 지도를 남겨 두면 또 누가 보고 따라와서 몰래 보물을 훔쳐 갈 거 아니냐? 그러니 없애고 내 머리에 새겨 뒀다, 이거야. 걱정 말고 날 따르거라."

철불가는 커다란 샘이 있는 곳을 찾아갔다.

"이곳이 청해진의 군사들이 마셨던 샘이다. 이 샘을 따라 가면 동굴이 나오고 거기에 보물이 있을 거야."

소소생은 철불가를 따라서 샘의 줄기를 거슬러 올라갔다. 그러자 계단처럼 생긴 해안 절벽이 나왔다.

"여기 어딘가에 동굴 입구가 있을 텐데."

철불가는 절벽을 손으로 더듬으며 걸어갔다. 여기에 와 본 사람처럼 행동이 꽤 익숙해 보였다. 소소생이 철불가에게 뭔가 물어보려던 찰나! 손으로 벽을 더듬던 철불가가 외쳤다.

"여기다! 여기에 글자가 새겨져 있어!"

소소생은 철불가가 말한 곳으로 달려갔다. 벽을 만져 보니 울퉁불퉁한 것이 누군가 뾰족한 것으로 글자를 새겨 놓은 것이 느껴졌다. 소소생은 손에서 불을 뿜어내 벽에 그을음을 만들었다. 그러자

벽이 까맣게 타면서 글자가 새겨져 움푹 들어간 곳은 하얗게 도드라져 보였다. 벽의 글자를 풀이하면 이러했다.

의를 보고 행하지 않으면 용맹이 없는 것이다.

소소생은 드러난 글자를 따라 읽었다.

"의를 보고 행하지 않으면 용맹이 없는 것이다?"

"흐음, 대체 무슨 뜻이람?"

철불가가 과장되게 어깨를 으쓱하며 말했다.

"장보고 대사께서 생전에 하셨던 말인가. 그나저나 왜 벽에 이런 게 적혀 있을까요?"

"어쩌면 보물 창고로 통하는 입구를 찾는 단서일지도 모르지."

철불가의 말에 소소생은 글자가 새겨진 벽과 주변 바다를 다시 살펴봤다.

"음, 어쩌면……!"

소소생은 갑자기 바닥에 납작 엎드리더니 아래쪽 절벽을 보려고 안간힘을 썼다. 고개를 쭉 빼자 아래쪽 절벽에 동굴이 보였다.

"저기! 아래쪽에 입구가 있어요!"

"소소생, 너 혹시 천재 아냐? 어떻게 알아낸 거야?"

"장보고 대사께서 하신 말 자체가 가리키는 단서였어요. 장보고 대사의 '의'와 '행'은 바다 쪽에 있지 않겠어요?"

"넌 역시 덕담보다 해적이 어울리는 녀석이야. 이건 해적이 할 수 있는 최고의 칭찬이니 기뻐해도 좋단다."

소소생은 철불가의 말은 무시하고 바닥에서 일어났다. 그때 산 너머 멀리서 희미하게 피어오르는 연기가 보였다.

"저쪽에서 연기가 나고 있어요! 여기에도 사람이 사나요?"

"네가 왔다 갔다 하다가 실수로 불을 붙였나 보지."

"그런가……. 입구를 찾은 건 좋은데 저길 어떻게 가죠?"

"뭘 그런 고민을 다 하니? 네 옆에 무엇이든 가능한 만능 열쇠 철불가가 있는데."

철불가는 소소생의 허리를 잡아채더니, 순식간에 솔개날을 꺼내 절벽 쪽으로 화살을 쏘았다.

"꽉 잡아라. 놀라서 불 쏘지 말고."

그러고는 절벽으로 훅, 뛰어내렸다.

"으, 으아아악!"

소소생은 너무 놀라서 눈을 질끈 감고, 팔로 얼굴을 가렸다.

철불가는 절벽에 쏜 화살에 매어 있던 줄을 잡고, 능숙하게 길 아래쪽에 위치한 절벽 입구로 쏙 들어갔다. 동굴에 착지하자 철불가는 줄을 놓으며 동시에 소소생도 바닥에 놓아 버렸다.

"으아아악! 철불가! 놓으면 어떡해요! 으아아!"

여전히 눈을 감고 비명을 지르던 소소생이 바닥에서 허우적거리며 버둥거렸다.

"이놈아, 계속 그러고 있어라. 나 먼저 갈 테니, 쯧."

철불가가 질린다는 표정으로 혀를 차고 들어가자 소소생이 조심스레 눈을 떴다.

"엥? 헉……!"

소소생은 동굴 바닥에서 뒹굴고 있는 자신을 깨닫고는 머쓱한 얼굴로 철불가를 쫓아갔다.

좁디좁은 통로를 지나자 커다란 공간이 나왔다. 어두컴컴한 공간을 비추려고 소소생이 벽에 손가락을 긁어서 불을 켰다. 사방이 환하게 보였다. 그런데 그 넓은 공간 어디에도 보물은 보이지 않았다. 대신 누군가 쓰다 말았는지 아니면 글씨 연습이라도 한 것인지 버려진 종이 뭉치만 널브러져 있었다.

"애개? 보물이 어딨다는 거예요? 장보고의 첫 번째 보물 창고가 여기 맞아요?"

소소생이 의심스러운 얼굴로 철불가를 돌아보았다. 철불가는 이번에도 부자연스럽게 어깨를 으쓱하더니 턱수염을 만지작댔다.

"이상하네. 누가 먼저 털어 갔나? 아유……, 원통해라."

그제서야 소소생은 모든 상황을 알아차렸다.

"거짓말한 거죠? 박 한찬을 피해서 여기로 도망치려고 저한테 거짓말한 거잖아요!"

소소생이 씩씩대자 입에서 불길이 쏘아져 나왔다. 철불가는 재빨리 몸을 굴려 불길을 피했다.

"소소생! 내 말 좀 들어 보렴, 응? 그게 아니라……."

"들어 봤자 또 거짓말일 텐데 뭘 들어요?"

그런데 그때 소소생과 철불가 사이로 커다란 쇠구슬이 바람을 가르며 날아왔다.

"소소생!"

철불가가 재빨리 소소생을 밀어냈다. 뾰족한 돌기가 달린 쇠구슬이 부웅- 추처럼 왔다 갔다 하며 동굴 벽을 부쉈다. 철퇴였다. 소소생은 코앞을 스친 철퇴에 놀라서 자리에 주저앉았다. 철퇴의 쇠구슬에는 사슬이 달려 있어 마음대로 휘두를 수 있었다.

철퇴를 휘두른 사람은 소소생 또래로 보이는 소녀였다. 단발머리였는데 한쪽 머리는 귀 뒤로 넘기고 있어 새침한 인상을 풍겼다. 머리카락은 은색으로 빛났으며 머리에 화려한 색의 산호초를 장식처럼 꽂고 있었다. 소녀가 소소생을 보더니 무거운 철퇴를 휘휘 돌리며 코웃음을 쳤다.

"뭐야. 지옥에서 살아 돌아온 악마 해적이라더니, 소소생도 별거 아니네."

"그래도 조심해. 저 녀석, 몸에서 불을 뿜던데?"

소소생의 뒤에 언제 나타났는지 덩치 커다란 남자가 서 있었다. 남자는 어깨에 사람만큼 커다란 도끼를 지고 있었는데 철불가보다도 키가 훨씬 컸으며 몸이 탄탄해 근육이 갑옷처럼 보일 정도였다. 한쪽 눈에는 안대를 하고 있어 험악해 보였지만 안대만 빼고 본다면 꽤 앳된 얼굴이었다.

"너, 넌 누구야?"

소소생이 얼빠진 얼굴로 묻자 남자가 답했다.

"저 녀석은 은산호, 난 마귀침. 우리가 이곳의 주인이시다."

"주인? 여기 주인은 흑삼치 아니었어?"

철불가가 되물었다.

"흑삼치는 사라진 지 오래야."

이번엔 은산호가 대답했다.

"흑삼치라뇨? 주인이라니, 다 무슨 소리예요? 설마 여기 장보고 의 보물 창고가 아닌 거예요?"

소소생이 대화를 따라잡지 못해 물었다. 은산호가 코웃음을 치 며 말했다.

"후훗, 방금 네가 한 말의 반은 틀리고 반은 맞아."

"뭐가 맞고 틀리단 거야?"

알쏭달쏭한 말에 소소생은 고개를 갸웃했다.

"알고 싶으면, 우릴 쓰러트려 봐."

은산호가 철퇴를 허공에 붕붕 돌리며 웃었다.

"철불가랑 소소생을 싸워 이겼다고 하면 진짜 천하제일 해적으 로 불릴지도 모르겠군."

마귀침도 도끼로 소소생을 겨누며 말했다. 사람만큼 커다란 도 끼에 조금만 스쳐 맞아도 팔다리가 댕강 잘려 나갈 것 같았다. 마 귀침과 은산호의 눈빛에 살기가 어렸다.

"소소생, 조심하거라. 저 녀석들 보통내기가 아니야."

철불가는 가장 어른인 주제에 슬그머니 소소생 뒤로 물러났다. 소소생은 무시무시한 도끼와 철퇴를 보며 침을 꼴깍 삼켰다. 그때 마귀침이 품속의 피리를 꺼내 불기 시작했다.

소소생과 철불가가 죽음의 문턱을 오가고 있는 그 시각 김해경 앞바다에는 수군이 출동했다. 얼어붙은 배가 발견되었다는 보고 때문이었다. 장수는 처음 김해경에 사람 머리가 든 얼음 조각이 떠 내려왔을 때는 그저 해적의 짓이라고 생각했다.

"난파된 배가 보입니다!"

갑판에 서 있던 병사가 외쳤다. 장수가 군함을 몰아 난파된 배에 접근할수록 보이는 형체는 이미 배가 아니었다. 차라리 배를 통째 로 삼켜 버린 빙산에 가까웠다.

"노예 상선 같습니다! 선원들이 전부 꽁꽁 얼어서 죽어 있습 니다!"

병사들은 얼어 버린 배에 있는 집기와 깃발을 보고 노예 상선 임을 알아냈다. 배 한쪽에 동상처럼 얼어붙어 죽은 상인들의 시 신도 발견했다.

"사람이 이렇게 얼어붙다니. 이 더위에 가능하단 말인가?"

장수는 시체를 보고 중얼거렸다. 사안이 중대해 보였다. 그는 시 신을 하나씩 면밀히 살폈다.

그 사이 병사들의 시선이 닿지 않는 심해에서 얼음 회오리가 세 를 불리고 있었다. 얼음 회오리는 지나는 물고기와 해조류 같은 살 아 있는 것들을 모조리 얼려 버리며 배의 밑바닥으로 점점 다가오 고 있었다. 얼음 회오리가 군함의 밑바닥에 닿자 군함이 바닥부터 얼어붙기 시작했다. 갑자기 느껴지는 한기에 갑판에 있던 병사들 과 장수는 몸을 오들오들 떨었다.

"장군, 저기를 보십시오!"

병사가 이빨을 딱딱 부딪치며 말했다. 저 앞에 눈보라가 회오리를 치며 다가오고 있었다. 눈보라를 따라 해수면도 얼어붙었다. 굽이굽이 파도치던 모양 그대로 얼어 버린 바다를 따라 무언가 다가오는 것이 보였다. 눈보라가 거세져 한 치 앞도 안 보였지만 푸른색 안광만은 또렷하게 보였다.

"얼음 도깨비!"

얼음 도깨비가 거대한 얼음 호랑이의 등에서 뛰어내렸다. 그러자 등에 고드름이 가시처럼 튀어나온 얼음 호랑이가 괴성을 지르며 달려와 병사들을 물어뜯기 시작했다. 물린 병사들은 얼음 조각처럼 부서지거나 시퍼렇게 얼어붙어서 숨이 끊어졌다.

얼음 도깨비 뒤에는 얼음 요괴 셋이 서 있었다. 얼음 요괴들이 어찌나 큰지 마치 거대한 빙벽이 서 있는 것 같았고, 근육은 하나하나 얼음을 조각해 만든 것처럼 단단해 보였다. 한 얼음 요괴는 두 주먹이 바위처럼 컸고, 다른 요괴는 덩치가 산만 하고 얼굴에 칼로 베인 듯 깊은 흉터가 있었으며, 또 다른 얼음 요괴는 가슴과 턱에 뾰족하고 날카로운 얼음이 수북하게 달려 있었다.

얼음 요괴들은 얼음 폭풍처럼 나타나 무자비하게 병사들을 습격했다. 얼음 주먹으로 수군 병사 서넛을 한꺼번에 내려쳐 으깨 버렸고 커다란 덩치로 병사들을 밀어내 저 멀리 날려 버렸으며 턱에 난 고드름 수염을 뽑아서 병사들의 몸을 꿰뚫어 죽였다.

병사들이 비명을 더할수록 눈보라는 점점 거세져 우박이 바위처럼 군함을 뚫고 배를 부쉈다. 해골 머리처럼 생긴 천우인이었다. 병사들은 천우인에 맞아 가슴이 뚫리고 머리가 깨져 죽었고, 천우인을 피해 달아나면 얼음 요괴들이 쫓아와 사지를 얼리고 산산조각 내 죽였다. 갑판에 박힌 천우인들이 달그락거리며 살벌하게 웃는 소리가 울려 퍼졌다.

"케하하하하."

천우인들이 떨어지며 웃는 소리가 사방에서 들려오자 나약한 몇몇 병사들은 겁에 질려 정신을 놓아 버렸다. 미친 사람처럼 거품을 물고 웃다가 스스로 얼음으로 제 배를 갈라 죽기도 했다.

천천히 얼음 도깨비가 장수를 향해 다가왔다. 눈보라가 얼음 도깨비를 둘러싸고 회오리를 치고 있어, 마치 그가 눈보라를 휘감아 입은 것처럼 보였다.

"누구냐! 덤벼라!"

장수가 칼을 빼들고 외쳤다. 세찬 눈보라에 칼날에도 하얀 살얼음이 맺히기 시작했다.

가까이 다가올수록 푸른 눈밖에 보이지 않았던 그의 얼굴이 거센 눈보라 속에서 조금씩 드러났다. 온몸이 얼음으로 장식한 갑옷을 입은 것 같았으며 얼굴은 얼음 비늘이 감싼 것 같았다. 그러나 그가 인간이던 시절의 모습도 남아 있었으니, 반삭을 한 머리에 새겨진 검은색 삼치 문신은 수군이라면 모를 수가 없었다. 장수가 떨리는 목소리로 말했다.

"너는…… 흑삼치!"

얼음 도깨비는 고드름처럼 기다란 손톱으로 수군 장수의 목을 지그시 눌렀다.

"흑삼치는 옛 이름이다."

얼음 도깨비가 된 흑삼치의 목소리는 훨씬 더 음산하게 들렸다. 시퍼런 눈이 형형하게 빛나며 장수를 노려보았다. 흑삼치가 수군 장수의 목을 붙잡은 손에 점점 힘을 주었다.

"커헉……."

장수가 피를 토했으나 그 피마저 새빨간 보석처럼 얼어 버렸다. 흑삼치의 손에서 얼음 가시가 돋아나 장수의 목을 감싸기 시작했다. 으드득 으드득 장수의 목이 허옇게 얼어붙더니 산산조각나며 부러졌다. 흑삼치의 시퍼런 두 눈이 이번엔 김해경을 향했다.

⟨6권에 계속⟩

곽재식의

괴물도감

해당 도감의 그림과 설명은 문헌 기록을 참고하였으며,
괴물 수집가로 널리 알려진 곽재식 작가의 상상력과
감수를 토대로 재해석하였음을 밝힙니다.

천우인

하늘에서 사람이 비처럼 떨어진다는 뜻으로, 사람의 해골처럼 생긴 우박이다. 크고 단단한 천우인을 맞으면 건장한 사내도 그 자리에서 죽고 만다. 땅에 떨어진 천우인은 달그락거리며 웃음소리를 내는데, 천우인이 웃는 소리를 계속 듣고 있으면 정신을 잃고 미쳐버려 다른 누군가를 해치기도 한다.

천모호

털이 듬성듬성 나 있는 호랑이로, 다른 부분에 비해 털이 빠진 부분의 가죽이 무척 두껍다. 매우 포악하고, 날쌔서 한 마리가 사백 명이 넘는 사람을 해친 일도 있다. 한번은 천모호를 잡기 위해 사십 명의 사냥꾼들이 모였으나, 결국 천모호를 잡지 못했다고 한다. 그러나 실제로는 이때 간신히 잡힌 천모호가 비밀리에 외국으로 팔려 나갔다는 소문도 들려온다.

지귀

선덕여왕을 연모하던 지귀의 연정이 커져 온몸이 불타오르며 탄생한 불 도깨비. 누군가를 진심으로 연모하는 자가 지귀의 불탄 재를 먹으면, 불 도깨비로 변한다고 한다. 불 도깨비가 되면 눈동자에 붉은빛이 어리고 가슴께에서 횃불 같은 불꽃이 타오른다. 불 도깨비의 감정 상태에 따라 불꽃의 색도 달라진다. 드물게 연모의 불꽃이 아니라 증오의 불꽃으로 온몸을 태우는 불 도깨비도 있다고 한다.

추여묘

고양이를 닮은 말의 새끼라는 뜻으로, 몸은 말과 비슷한데 여러 개 달린 머리가 각각 다른 고양이처럼 생겼다. 각각의 머리는 생김새만큼이나 성격이나 행동도 제각각이라 종종 서로 싸우는 일도 있다. 의외로 평범한 말의 새끼로 태어나는데, 생김새 때문에 나라의 흉한 징조를 나타내는 불길한 짐승으로 여겨져 죽임을 당하기도 한다. 하지만 성격은 고양이와 비슷해 사람에게 해를 끼치지 않고 온순하다.

이수약우

소와 닮은 이상한 동물이라는 뜻으로, 코가 긴 커다란 네 발 짐승이다. 털이 거의 없으며, 꼬리도 사람 키의 절반 정도로 상당히 길다. 힘이 세고, 몸집이 커서 사람이 쉽게 막을 수 없다. 민가에 나타나거나 포악한 일을 벌인 기록은 없으나, 강을 건너는 신비한 모습이 한 도둑에게 목격되어 존재가 알려졌다. 훈련시키는 사람에 따라, 전투에 나설 수 있을 정도로 호전적이기도 하고, 농사를 돕는 온순한 성질을 드러내기도 한다.

크리처스 5: 신라괴물해적전
지귀 편 上

1판 1쇄 인쇄 2023년 9월 11일
1판 1쇄 발행 2023년 9월 21일

글 곽재식, 정은경
그림 안병현
펴낸이 김영곤
펴낸곳 (주)북이십일 아르테

융합1본부장 문영
기획개발 변기석 신세빈 김시은
디자인 임민지
아동마케팅영업본부장 변유경
아동마케팅1팀 김영남 황혜선 이규림 정성은
아동마케팅2팀 임동렬 이해림 최유아 손용우
아동영업팀 강경남 오은희 김규희 황성진 양슬기
제작팀 이영민 권경민

출판등록 2000년 5월 6일 제406-2003-061호
주소 (우 10881) 경기도 파주시 회동길 201(문발동)
대표전화 031-955-2100 **팩스** 031-955-2151
홈페이지 www.book21.com

ISBN 978-89-509-0941-3 (44810)
        978-89-509-0969-7 (세트)